나는 공부하러 박물관 간다

나는 공부하러 박물관 간다

한국미의 숨결과 체취를 찾아

이원복 지음

효형출판

나는 공부하러 박물관 간다

지은이 이원복

1997년 5월 15일 초판 1쇄 발행
2003년 11월 20일 2판 1쇄 발행
2013년 3월 20일 2판 7쇄 발행

펴낸곳 효형출판
펴낸이 송영만

등록 제406-2003-031호 | 1994년 9월 16일
주소 경기도 파주시 교하읍 문발동 파주출판도시 532-2
전화 031·955·7600
팩스 031·955·7610
웹사이트 www.hyohyung.co.kr
이메일 info@hyohyung.co.kr

ⓒLee Wonbok, 1997, 2003

ISBN 89-86361-90-6 03810

값 9,500원

이 책을 앞에 둔 반가운 벗에게

오늘날 국내 명승지인 유적지뿐만 아니라 국외까지 여행하는 사람들이 적지 않습니다. 여행은 전에 모르던 새로운 장소로 향하는 것이기에 설렘과 더불어 얼마간의 긴장이 함께합니다.

장소를 옮기는 것말고도 시간여행이란 것이 있지요. 그것은 아름다운 그림이 걸려 있는 미술관이나 조상들의 숨결과 체취를 느낄 수 있는 박물관처럼 조용한 곳에서 오래 전 우리 강토에 사셨던 분들을 만나는 여행입니다.

박물관 하면 어떤 생각이 떠오르나요? 박물관은 우리 역사를 체험하며 배우는 교육장으로, 문자로 적힌 기록이 아니라 실제 유물에서 과거의 생활을 나름대로 상상해 볼 수 있는 곳입니다. 박물관 하면 까마득한 선사시대에 만든 돌도끼나 토기, 조선시대 생활용구였던 둥근 백자항아리를 떠올릴 사람도 있을 것입니다. 또 어떤 사람은 황금빛 찬란한 신라 금관, 돌이나 금속으로 만든 미소가 예쁜 불상, 아니면 김홍도의 익살스런 풍속화를 연상하기도 하겠지요.

'나는 공부하러 박물관 간다' 라는 제목을 단 이 책은 공부라는 단어 때문에 조금은 부담을 느낄지도 모르겠네요. 하지만 유물 앞에서 무엇인가를 외우려 하기보다 편안하고 차분한 마음으로 잠시 시선을 두며 마음으로 그들의 이야기에 귀 기울여보기 바랍니다.

유물들을 열심히 보고 그 이야기를 듣다 보면 유물들이 눈에 익고 그 아름다움이 보입니다. 그러다 보면 이 유물들을 만들거나 사용한 분들의 맑고 따뜻한 마음도 만나게 됩니다. 그것이 참된 공부 아닐까요?

여기 이 책에 담긴 길지 않은 글들은 제가 작품들과 여러 차례 만나면서 각 유물들이 지닌 아름다움의 참모습을 짧은 단어로 읽어낸 것입니다. 당연한 얘기지만 사진보다는 실제 유물에 직접 다가가 볼수록 감동은 더욱 선명해집니다. 그리고 머리보다는 마음으로 읽어야 합니다. 그러다 보면 문화재는 단순한 골동품이나 어려운 무언가가 아니라 선조들의 티 없이 맑고 밝은 정신과 익살, 낙천적인 삶의 자세와 생활을 엿보는 요지경이 됩니다.

우리에게도 친숙한 시인 라이너 마리아 릴케는 스승 로댕의 조각작품마다 아름다운 수필로 설명한 바 있습니다. 제 경우에는 40년 넘게 박물관에 몸담으신 최순우 선생님을 10년 가까이 곁에서 모시며 명품과 걸작을 보는 눈을 키운 덕에 얻은 깨달음으로 이 글들을 썼습니다.

글을 통해 만난 여러 벗들을 미의 향연, 아름다움에의 잔치로 초대합니다.

단풍이 짙은 2003년 10월 하순,
빛고을에서

이 원 복 드림

차례

책 머리에 5

아름다움과의 만남 13

그윽함 〈청자상감운학문완〉 14

익살 녹유귀면와 18

고결 이채의 초상 22

따사로움 이암의 〈어미개와 강아지〉 27

눈부심 금관총에서 나온 금관 31

애정의 손길 〈청자모자원형연적〉 35

고요함 안견의 〈몽유도원도〉 39

넉넉함 나전 포도 무늬가 있는 옷상자 43

미소 〈금동일월식반가사유상〉 47

조촐함 〈백자청화팔각병〉 51

열린 마음 최북의 〈빈 산〉 55

너그러움 〈백자달항아리〉 59

끼끗함 〈청자오리형연적〉 64

함초롬함 〈청자상감운학문매병〉 68

화사 신명연의 〈양귀비〉 72

자연스러움 경복궁 76

천진 〈청자상감동자문잔〉 80

소박 삼층 책장 84

겨를 〈청동은입사포류수금문정병〉　88

담백 〈난초와 대나무〉　93

추상 〈분청사기조화선조문편병〉　97

어엿함 정선의 〈금강전도〉　101

길고 오램 〈수월관음도〉　105

그림이 된 무늬 〈백자청화포도문전접시〉　110

올곧음 어몽룡의 〈월매도〉　115

당당함 정선의 〈비 갠 뒤의 인왕산〉　119

생동감 무용총 〈수렵도〉　124

힘 강서대묘 〈청룡도〉　128

늠름함 김홍도 외 〈대나무 아래 늠름한 호랑이〉　132

배움의 열의 이형록의 〈책거리〉　136

토속 석조불입상　140

국제성 〈금동용봉봉래산향로〉　144

장엄 〈성덕대왕신종〉　148

옛 사람의 멋과 향기 153

사랑방의 촛불 이유신의 〈가헌에서의 매화 감상〉 154

고향 산의 봄 소식 이정근의 〈관산에 쌓인 눈〉 158

벗을 찾아 전기의 〈매화가 핀 초옥〉 161

매화가 흩뜨리는 봄 향기 전기의 〈매화 핀 서재〉 164

매화꽃을 찾아서 심사정의 〈파교를 건너 매화를 찾아서〉 168

봄날의 소요유 이불해의 〈지팡이를 짚고 거닐다〉 171

상춘, 봄에 취한 언덕 정선의 〈꽃을 찾아 봄에 젖기〉 174

만남 유숙의 〈선비들의 반가운 만남〉 177

꽃을 바라보는 마음 정선의 〈책 읽다가 눈을 돌려〉 182

탁족 조영석의 〈흐르는 물에 발을 담그고〉 185

솔바람 소리와 선비들 이인문의 〈소나무 숲에서의 담소〉 188

폭포를 바라보며 윤인걸의 〈소나무에 걸터앉아 폭포를 바라봄〉 191

천렵 정세광의 〈삼태그물 거두기〉 194

가을 밤 뱃놀이 안견 전칭의 〈적벽도〉 197

선상의 여유 이상좌의 〈배를 멈추고 물고기 헤아리기〉 200

달빛 아래 '그윽한 고독' 전기의 〈달과 함께 술잔을〉 203

풍요로운 사색의 공간 전기의 〈가난한 선비의 집〉 206

가을의 의미 이인상의 〈소나무 아래에서 폭포를 바라봄〉 209

꽁꽁 언 산하 윤의립의 〈겨울 산〉 212

바람개비 윤덕희의 〈공기놀이〉 216

회갑연 정황의 〈회갑 잔치〉 219

혼인 60주년 회혼례 222

호젓한 여인 신윤복의 〈연당의 여인〉 225

춤바람 김진여 외 〈원로 대신에게 베푼 잔치〉 228

부엌 주변 안악3호분 〈주방도〉 231

태양열 김윤보의 〈나락 말리기〉 234

축력 쌍용총 〈우차도〉 238

돛단배 정선의 〈돛단배 타고 바다 건너기〉 242

정과 짱돌망치 강희언의 〈돌 깨는 석공〉 245

즐거운 식사 시간 김홍도의 〈들밥〉 249

도르래 이인문의 〈강과 산은 끝이 없어라〉 253

부력 김홍도 외 〈배다리〉 257

물살 잠재우기 이성린의 〈대정천을 건너며〉 260

찾아보기 264

박물관 정보 266

아름다움과의 만남

그윽함

〈청자상감운학문완〉

쪽빛, 눈이 시리도록 푸른 창공에는 두어 조각 새털구름이 걸려 있다. 하늘로 날아오른 한 쌍의 학鶴이 유연한 자세로 춤사위를 펼친다. 상대를 향한 날갯짓이 서로 너무 닮았다. 이들 학의 순 우리말은 두루미다. 천 년을 산다지만 실제 수명은 50년 내외다. 그러나 우리들 마음에 새겨진 이들의 나이는 천 살이다. 십장생에도 포함되며, 그림만이 아니라 도자기 등 공예의 문양으로도 자주 등장한다.

눈부시게 빛나는 흰 깃이며 늘씬한 키 그리고 진중한 몸동작 등 움직임에도 품위가 있어, 독수리나 매가 주는 패자覇者의 위용과는 다른 고귀함을 지닌다. 그렇기에 단연 귀인貴人이나 선인仙人 주변에 함께함에 썩 어울리는 끼끗한 새다. 일찍이 고구려 고분벽화(지금 중국 지안 현縣 우산 남쪽 기슭의 통구사신총 널방)에 학을 탄 선인이 그림으로 등장하고, 고려청자에 가장 우리 것다운 무늬의 하나로 빈번히 등장한다.

〈청자상감운학문완 靑磁象嵌雲鶴文盌〉
고려시대(12세기 전반), 입지름 17.7cm, 높이 6.1cm, 국립중앙박물관 소장.

고려청자는 한민족이라면 누구나 긍지를 느끼는 위대한 문화유산으로 세계적으로도 명성이 드높다. 그러나 그 아름다움의 본질이 무엇인지를 물으면 입을 다물어버리기 일쑤다. 다른 문화유산이 그렇듯 청자도 중국이 원류로서 우리보다 수백 년 앞서서 만들기 시작했다. 그 전성기는 송나라 휘종 대인데, 바로 동시대 고려에서도 최상의 청자가 빚어져 고려를 찾은 송나라 사신이 감탄했다는 기록도 있다.

학계의 연구로 이미 통일신라 말기(9세기 후반)에 청자를 만들기 시작했고, 조선 초기에도 일정 기간 동안 빚어졌음이 밝혀졌다. 색·형태·문양 등에서 중국과 전혀 다른 우리만의 조형세계를 선뜻 드러낸다. 문양을 넣는 방법의 하나인 상감기법象嵌技法은 그릇 표면을 파고 그 안에 희고 붉은 흙을 넣는 기법인데, 중국과 달리 고려에서 즐겨 사용하였다.

예서 소개하는 대접은 위에서 보면 원형이지만 측면은 삼각형에 가깝다. 네모진 방형이 땅을 가리키듯 원은 그대로 하늘을 상징한다. 양손으로 감싸쥐면 제법 두툼함을 느낄 크기다. 용도에 대해 구체적으로 언급한 글은 접하지 못했으나 중국 등의 예로 미루어 다구茶具의 하나로 봐도 크게 어긋나지 않을 것이다. 출토품들을 보면 이와 같은 유형은 초기부터 줄기차게 빚어진 것으로 생각된다. 우려 마시는 차(煎茶)와 달리 가루 차를 몇 모금 물로 잘 휘저어 마시는 차(末茶)에 소용된 대접이다.

차茶 색은 녹색에 가까워 그릇 색과 별다르지 않다. 한 모금 차를 마시면 하늘과 구름과 학도 체내로 들어온다. 마음과 정신은 이미 영원의 세계로 젖어들고 있다. 그것은 일본인 야나기 무네요시〔柳宗悅, 1889~1961, 종교미술을 전공한 일본 철학자로 세계 각국의 민예품을 수집하였다. 한국미를 애상미哀傷美, 영탄미詠嘆美로 정의하는 등 많은 미술 평론을 남겼다〕가 본 고요 속에 깃든 슬픔이 아니라, 고요에 깃든 그윽한 아름다움 자체다. 극치의 아름다움이 내는 소리는 고요다. 이 대접은 그냥 모셔놓고 바라보는 것이 아닌 생활용구이기에, 시각·촉각·후각이 함께해야 제대로 그 아름다움을 인식할 수 있다.

선조들의 삶은 그 자체가 바로 예술〔遊於藝〕이런가.

비슷한 기형으로 내면에 꽉 차게 보상당초문寶相唐草文을, 외측면에는 몇 개의 들국화를 상감기법으로 나타낸 경기도 개풍군 문공유 묘文公裕墓에서 출토된 것으로 전하는 완盌(입지름 16.9cm, 높이 6.2cm)이 있다. 이와 반대로 내면에 다섯 개의 들국화를, 외측면은 당초문으로 채운 강화군 출토 완(입지름 17.4cm, 높이 6.4cm)도 있다.

익살

녹유귀면와

'웃는 낯에 침 뱉으랴' 하는 우리 속담도 있듯 미소는 그 자체로 아름답다. 웃음은 냄새에 비기면 향기이며 눈물만큼이나 전염성도 강하다. 봄이 되어 온갖 꽃들이 흐드러지게 핀 것처럼 웃음으로 그득한 세상은 건강과 생기 그리고 살맛이 넘치는 공간이다. 웃기 위해서는 긴장이 없어야 하고 열린 마음도 요구되지만 웃음을 자아내는 말과 짓거리가 절실한데 이를 익살이라 한다. 한자로는 해학諧謔이나 골계滑稽, 영어로는 유머(humor)가 이에 버금가는 단어다.

이 익살은 삶의 윤활유일 뿐더러 아름다움의 하나로 예술에서도 빠질 수 없다. 우리 민족은 두려움의 대상까지도 익살로 희석시키거나 녹이는 능력을 지니고 있으니 조형예술에서 어렵지 않게 발견할 수 있다. 그 가운데 하나가 예서 소개하는 기와다.

꽤나 무시무시한 몰골이다. 약간 푸른색이 비치기는 하지만 어

녹유귀면와綠釉鬼面瓦
통일신라시대(8세기), 33.7×28.5cm, 국립경주박물관 소장.

두운 검은색 일변도다. 광채가 있어 번들거림도 보이며 재질은 쇠붙이처럼 묵직하게 여겨지기도 한다. 유난히 툭 불거진 왕눈, 소와 같은 뿔, 큰 코, 긴 수염, 크게 벌린 입 안의 날카로운 송곳니, 사자의 갈기와 얼굴 주름 등 사뭇 험상궂다.

정확한 명칭은 '녹유귀면와綠釉鬼面瓦'다. 귀신의 얼굴을 한 이 기와는 흙으로 빚어 유약을 입혀 고열로 구웠으며, 추녀가 넷 있는 팔작지붕의 마루 끝에 부착되던 것이다. 사다리꼴에 가까우나 상부가 완만한 곡선을 이루며 아래쪽에는 반원형 홈이 파여 있어 내림새 막새기와로 쓰였음을 알 수 있다.

귀면문鬼面文은 동양 삼국 모두에서 찾아볼 수 있다. 인간의 삶을 위협하는 온갖 재앙과 질병 등 사악한 것을 초능력을 빌어 몰아내고 복을 얻고자 하는 바람(辟邪求福)에서 나온 상징적인 도안 문양의 하나로 간주된다. 그 시원은 기원전 중국의 고동기古銅器 표면에 장식된 도철문에서 찾을 수 있다. 우리 나라에선 일찍이 삼국시대 궁궐이나 사찰에서 사용된 기와나 전돌 외에 문고리나 지배자 계층의 용구로 이를테면 금 또는 금동제 신발, 허리띠 장식, 칼 장식, 말 장식 등에서 살펴볼 수 있다. 이 문양은 지속되어 조선시대에는 소맷돌이나 돌다리에도 등장한다.

이 기와를 유심히 살피면 첫인상이나 선입견과 전혀 다른 분위기를 발견케 된다. 위엄이나 두려움이 강조된 듯 보이나 그것은 순간의 느낌일 뿐 이내 일종의 미소를 엿볼 수 있다. 할아버지가 귀여운

손자 앞에서 위엄을 과장하여 보여주듯(?) 다소 헤식고 바보스런 표정을 읽게 된다.

호랑이를 사실적으로 그리지 않고 까치와 함께 멍청하게 묘사한 조선 말기 민화民畫와 상통하는 미의식을 그보다 천 년 이상 앞선 옛 조형에서도 만나게 된다. 우리 민족의 심성 저변에는 이와 같이 두려움마저도 익살로 녹여버리는 마음이 두텁게 자리잡고 있다. 1975년 3월에서 그 이듬해 연말까지 실시된 경주 안압지 발굴을 통해 이 귀면와가 출토되었으며, 당시 이와 유사한 형태의 기와가 마흔한 점이나 발굴되었다.

이 기와가 보여주듯 우리 민족의 조형감각은 기이하거나 괴상한 것 그리고 두려움의 강조 등과는 거리가 있다. 이 점이 강조될 종교미술에서도, 신선이나 부처 그림을 보면 온화하고 평범한 모습이 주류를 이룬다. 일본이 자랑하는 신사神社에 이방인이 들어서면 그 어둡고 음침한 분위기에 압도되는 기괴함과는 구별된다.

맑고 투명한 어린이 같은 심성 앞에는 허세와 과장이 주는 위엄이나 공포도 별것 아닐 성싶다.

귀면을 도깨비로 여겨 '도깨비 기와'로도 불리웠지만 우리 나라에는 도깨비의 형상을 나타낸 것이 없다. 최근 강우방 교수는 귀면이 용의 얼굴임을 밝혀냈다. 이에 따르면 녹유귀면와는 '녹유용면와綠釉龍面瓦'가 된다.

고결

이 채 의 초 상

우리 옛 그림 중에서 초상화는 특히 괄목케 되는 명품이 여럿 전해 오고 있어 인물화의 뛰어난 경지를 대변하기도 한다. 초상화는 단순한 감상화나 장식화가 아닌 주인공의 정신과 인품, 학덕 등을 모두 화면에 옮겨야 하기에 화가들은 어느 분야보다도 열과 성의를 기울여야 했다.

직업화가인 화원畵員으로서 임금님의 초상[御眞] 제작에 참여하는 것은 최고의 명예였고, 이에 힘입어 조선 후기의 거장 김홍도의 경우처럼 중인 신분으로 관직을 제수받기도 했다. 또한 선비 중에서 윤두서(尹斗緖, 1668-1715), 강세황(姜世晃, 1713-1791)처럼 뛰어난 자화상을 남긴 문인화가도 없지 않다.

이들 옛 초상화를 보노라면 사진같이 매우 사실적인 뛰어난 묘사력에 경탄케 된다. '나이 사십이 되면 얼굴에 책임을 지라'는 어느 서양 철학자의 말도 겸해서 떠오른다. 그림은 나이든 모습이 주류를

이채李采 59세 초상
그린이 모름, 비단에 채색, 99.2×58cm, 국립중앙박물관 소장.

이루는데 고결하고 의연한 풍채에 백발이 아름답게 묘사된다. 얼굴에 검버섯이 피거나 혹이 있으면 그대로 숨김없이 그렸다. 물론 그림의 주인공들은 어엿한 사대부들로서 속된 표현을 빌리면 '성공한 사람들'로서 학자이며 정치가들인데, 이들에게 공통된 느낌은 평생을 조신操身한 사람에게나 가능한 맑고 투명한 마음을 읽을 수 있다는 점이다.

여기서 소개하는 그림의 주인공은 이채(李采, 호 화천華泉) 선생으로 그의 나이 59세 때인 1803년 초상이다. 병조참판, 동지중추부사를 역임한 문신文臣으로, 화면에 있는 찬문撰文에도 보이듯 순수한 마음을 지녀 학문에 싫증을 내지 않는, 맑고 온화한 성품의 소유자임을 잘 보여준다. 중국이나 일본의 초상화와는 달리 전혀 과장이 보이지 않으며, 측근에서 평상시 살필 수 있는 푸근한 모습으로 생각된다. 맑고 깨끗한 삶을 영위한 사람의 노년은 화려하다. 잘 닦여진 보석과 같이 귀하고도 엄숙한 아름다움이기도 하다. 또한 우리들이 오늘날 잃어가는 진정한 아버지상像의 원형이기도 하다. 사진이 전하지 못하는 내면 세계를 선명하고도 감동적으로 전해준다(傳神) 하겠다.

우리들은 어떠한 아버지상을 지니고 있는가. 과연 어떤 분인지를 골똘히 생각해 본 적이 있는가. 자녀들에게 우리들은 또한 어떤 모습으로 비칠까. 우리들은 아버지를 닮으려 애썼으며, 자녀들에게 닮으라고 강요할 무언가를 갖고 있는가. 노인 문제를 사회학적 견지에서 다루려는 것은 아니지만, 우리들은 아버지상을 잃었을 뿐더러 아버지를 잊었고 그 때문에 아버지되기를 포기한 것은 아닌지. 그리스도교인은 하느님을 아버지라 부른다. 동양의 철인哲人 노자老子가 하늘을 향해 아버지라 외친 것도 허공을 향한 공허한 몸부림이 아니라 존재의 본질을 향한 겸허한 자기 독백은 아니었을지.

아들이 아버지를 닮지 못함을 불초不肖라 했다. 무엇보다도 아버지의 덕망과 유업을 이어받지 못할 때 우리 선조들은 가슴을 치며 울었다. 타인이 그려준 초상을 남기지 못한다면 자화상은 어떨까? 그것은 순간마다 지니는 마음가짐과 행동에 의해 점과 선이 새겨지며 그려지고 있는 것이리라.

미술사 분야에서 초상화 연구로 박사학위 논문이 나오기노 했지만 40년간 국립박물관에 재직하셨고 한국의 예술 전반에 대해 남다른 견식과 탁월한 심미안을 지니셨던 최순우(崔淳雨, 1916-1984) 선생은 우리 초상화의 뛰어남을 단편적인 글을 통해 일찍이 천명하신 바 있다. 다음은 이항복과 이재의 초상을 다룬 글에서 인용한 것이다.

"세상의 아름다움 중에서 인간의 아름다움을 딛고 넘어설 만한 아름다움은 없다고 생각한다. 의롭고 아름답게 세상을 살아가는 인간의 영상이야말로 모든 것을 초월한 아름다움이며…"

"다만 그림에서 느끼는 조형의 아름다움뿐만 아니라 형언할 수 없는 맑고 높은 인격의 아름다움을 느끼게 되는 것은 오로지 이것이 어느 화가의 필력에서만 오는 것이 아니라 도암(李縡)의 결곡한 인품에서 오는 형체 없는 힘이 크다는 것을 강조하고 싶다…."

이채의 조부되는 이재(李縡, 1680-1746)의 초상 또한 대단한 명품으로 알려져 있는데 이 둘은 서로 닮아 있다. 정면상正面像인 이채 초상과 달리 칠분면상七分面像으로, 바로 손주의 초상을 본으로 하여 제작한 것으로 전해지기도 한다. 이들은 모두 정장한 관복의 공신도상이 아닌 평상복 차림의 사대부상이다.

따사로움

이암의 〈어미개와 강아지〉

새봄을 눈으로 느끼기에 앞서 우리는 피부로 감지케 된다. 얼굴을 간지르며 살랑대는 바람이며, 살갗에 닿는 따사로운 햇빛 그리고 이어서 마음에 스며드는 명랑한 기분 등 차갑고 어둡고 침묵으로 일관된 겨울과는 사뭇 구별된다. 따사로움이 없다면 봄은 멀기만 하다. 딱딱한 씨앗 표피를 열어 새로운 생명을 움트게 하는 데에 물과 더불어 일정한 온도가 필요하다는 점은 따사로움이 갖는 중요한 의미를 새삼 깨닫게 한다.

따사로움은 사랑의 또다른 얼굴이다. 생명을 싹 틔우고 무채색 대지에 색깔을 부여하는 것도 따사로움이다. 오관으로 와 닿는 따사로움이 있는가 하면 우리네 마음과 가슴을 따사롭게 하는 것도 있다. 그것은 온도계로써 측정되는 수치가 아니기에 객관성은 약할는지 모른다. 모르는 사람을 처음 만나 악수를 나눌 때 차가운 손이면 다소 섬

뜩한 기분도 들겠으나, "손이 따뜻한 사람은 마음이 차다"는 이야기도 있어 체온과는 정녕 무관한 것이리라. 그러나 따사로운 손이 우선은 첫인상을 좋게 한다. 마음이 따사롭고 가슴이 따뜻한 사람, 우리 생활공간에 늘 봄을 가져오는 고맙고도 반가운 이들이 아닐 수 없다.

따사로움을 가슴에 품고 있어 늘 온화한 분위기를 이끄는 너그럽고 착한 마음을 가진 이가 화가라면 그는 애정으로 그득 차서 이를 가슴으로 느끼게 하는 그림을 그릴 것이다. 청순한 어린이의 그림이 아니더라도 애정을 지닌 이들의 그림은 그가 그린 대상이 무엇이든 보는 이들에게 사랑의 열기를 전한다. 이와 같은 그림의 예로 조선시대 왕실 출신 화가 이암(李巖, 1507-1566)이 그린 〈어미개와 강아지(母犬圖)〉를 꼽을 수 있다. 그는 조선 전기 우리 그림의 어엿함과 참된 멋을 강아지와 고양이 등 동물을 소재로 한 그림을 통해 선뜻 보여준 선비화가다.

뜨락 한 모퉁이 나무 아래에 어미 품에 안겨 있는 강아지 세 마리가 등장한다. 열심히 젖무덤을 파고들어 힘 주어 젖을 빠는 새끼가 있는가 하면 등판 위에 기대어 졸음에 빠진 놈도 보인다. 어미의 마냥 순한 눈매며 이들 동물 가족이 창출한 따사로운 분위기는 보는 이들에게 잔잔한 감동을 불러일으킨다.

그림은 평화로움, 안식, 모성애, 형제애, 가족의 의미 등 여러 가지를 생각케 하는데 이들 모두 따사로움을 전제로 한 정겨움으로 이어져 있다. 그림에 있어 묘사력이나 기량과는 별개로 분위기 포착이 중요한데, 동양의 옛 그림에선 이를 사실적인 표현보다 훨씬 중시했

〈어미개와 강아지〔母犬圖〕〉
이암, 종이에 수묵담채, 73×42.2cm, 국립중앙박물관 소장.

으며 의경意境이라 지칭했다. 이는 관념산수觀念山水라 하여 서양의 풍경화와 구별되는 산수화에서 특히 잘 드러났다.

이 그림은 지난 70년대 후반부터 80년대 초에 걸친 '한국미술 오천년전', 일본과 미국 그리고 유럽 전시에 출품되어 해외에까지 알려진 명품이다. 원래 애완용 동물을 좋아하는 미국인들이긴 하지만, 관람객들 모두 예외 없이 이 그림 앞에서 꽤 오랜 시간 시선을 주는 것을 옆에서 바라보면서 또다른 생각이 스치기도 했다. 어쩌면 여러 면에서 우리 현대인들은 너나 없이 애정결핍증 환자들이기에 이 그림이 더욱 가슴에 와 닿는 것은 아닌지 하고. 어쩌면 본능적이긴 하지만 동물들도 자식들에 대한 사랑이 그러할진대 우리네 인간들에게서야….

우리는 봄철 피부로 느껴지는 따사로움보다도 마음에 와 닿는 따사로움이 절실하다. 우리들 스스로 사랑에 몸이 달고, 가슴에 애정을 담고 있어야 따사로움은 비로소 서로에게 가능한 것이리라.

이암의 개 그림은 국내에 있다가 일본을 거쳐 북한의 평양박물관으로 들어간 한 쌍으로 된 〈화조구자도花鳥狗子圖〉와 일본민예관에 소장된 야나기 무네요시 수집의 〈화하구자도花下狗子圖〉와 재일동포 김용두金龍斗 소장의 〈쌍구자도雙狗子圖〉 등이 알려져 있다. 이 중 북한 것만 제외하고는 국내에서 개최된 '김용두옹 수집문화재 귀향 특별전(1994. 6. 14.-7. 31.)', '조선 전기 국보전(1996. 12. 14.-1997. 2. 11.)' 등 전시를 통해 일반 공개가 이루어졌다. 그러나 이들은 예외 없이 어린 강아지들로서 어미개가 함께 등장한 것은 여기서 소개한 〈어미개와 강아지〉 단 한 점만이 알려져 있을 뿐이다.

눈부심
금관총에서 나온 금관

생명 있는 모든 것은 눈부심에서 시작한다. 우리 모두는 잘 기억하지 못하나 어머니 태내에서 벗어나 세상과의 첫 대면을 눈부심으로 시작했고 매일 새롭게 깨어나는 새 아침도 눈부심으로 펼쳐진다.

'눈부시다'의 사전상 정의는 '빛이 세어 바로 보기 어렵다' 또는 '빛이 황홀하다' 등인데 결국 이 둘은 하나이기도 하다. 빛이 있기에 눈부심이 있고 빛을 통해 황홀함과 모든 물체를 감지케 된다. 빛을 통해 형체뿐 아니라 색을 가늠케 되는데, 색에 윤기를 더하는 것이 빛이기도 하다.

진리는 흔히 빛으로 비유되기도 한다. 그리스도교에서는 절대자 하느님을 무한한 진리의 빛으로 이해하기도 하는데, 이따금 아니 자주 이 빛을 외면하기도 한다. 어둠이 좋아서가 아니라 눈 감음으로써 빛에서 멀어지려는 것이다. 거룩함이나 영광으로 향하는 길은 인간이 지닌 한계로는 때로 견디기 힘들기 때문인지도 모른다. 스스로 빛을 거부한 상태를 절망이라고 하던가. 그러나 우리는 빛 안에 있을 때 비로소 존재가 드러나며, 눈부심의 아름다움을 깨닫게 된다.

또한 빛은 시각으로 느끼는 것만은 아님을 안다. 빛은 마음과 가슴 그리고 영혼에 스며드는 것, 보는 것만이 아니라 체험하는 것이기도 하다. 화사한 꽃망울의 현란함을 통해, 눈부신 신록의 싱그러움을 정신의 청신함으로 만끽하는 것인바 이를 제대로 느끼는 마음, 감지케 되는 공간과 시간은 그야말로 섭리와 은총 그리고 축복이 그득한 향연이기에 천상의 기쁨과 닮은 것이리라.

눈부심에 대해 우선 감각적으로 떠오르는 문화재는 금관이다. 1921년 경주시 노서동에서 처음 출토되어 '금관총'이란 명칭을 얻은 이래로 서봉총, 호우총, 천마총, 황남대총 등 신라 옛 지배자의 큰 무덤(古墳)에서 여러 개의 금관이 모양을 드러냈다. 우리 나라가 셋으로 나뉘어 있던 삼국시대에 유독 신라 지역에서만 순금제 유물이 엄청난 양으로 출토되고 있다. 장신구로서 머리에서 발끝까지 치장했던 각종 꾸미개는 머리에 쓰는 관·귀걸이·목걸이·팔찌·허리띠·신발에 이르기까지 예외 없이 화려함의 극치를 보이는 금제품이 많다. 금속을 다루는 과학적인 기술과 이로써 표현된 조형감각과 미의식이 높은 수준임을 실감나게 확인할 수 있다.

신라 금관은 그 연원을 시베리아 샤먼에게 있다고 보는 것이 학계의 일반적인 견해다. 시베리아 샤먼들도 15세기까지 나뭇가지와 사슴 뿔로 소박한 관을 만들었고, 신라선 이미 5세기경에 이를 도

금관
신라시대(금관총 출토, 5-6세기), 높이 27.5cm(드리개 제외), 국립경주박물관 소장.

안화하여 어엿한 정형定型을 이룩한 점에서 크게 구별된다.

금은 인류 모두가 귀하게 여긴다. 옛 제왕의 무덤에서 그친 것이 아니라 오늘날도 아기 돌 반지로, 부부의 결혼 예물로 빠지지 않는다. 수요가 지속적이라 고가품이 되지 않을 수 없겠으나 단순히 희귀성 때문만은 아니다. 화려한 색, 빛나는 광채 등 눈부심이 있는데, 무엇보다도 세월이 흘러도 변치 않는 항구성으로 주목받는다. 그것은 힘 있는 지배자의 권위를 상징하는 것만이 아닌 우리가 소망하는 영원한 삶, 빛나는 영혼의 상징이기 때문에 애착을 갖는 것이리라. 어쩌면 신라 임금들도 사후死後에야 황금관을 받았고, 그것은 지상에서 붙어 있던 기간과는 비교도 안 될 무한한 시간을 위해서 마련된 것인지도 모른다.

영원한 것과 순간적인 것이 만났을 때의 첫 반응이 눈부심이다. 그것은 무한과 유한의 만남이기에 유한은 비로소 영원을 일시나마 엿보며, 거룩함의 의미를 되새기게 된다.

지금까지 알려진 순금제 관은 신라 것이 수적으로 단연 우세하다. 금관총 것 외에 경주 교동, 서봉총, 금령총, 천마총, 황남대총 북분 등에서 출토된 여섯 점으로 이들 모두는 수지형(樹枝形, 나뭇가지형)이며, 가야 것으로는 고령에서 출토된 것으로 전하는 호암미술관 소장품과 일본 도쿄국립박물관에 있는 경남 출토 금관 등 두 점인데, 이들은 초화형(草花形, 꽃잎형)이다. 백제 것으로는 관의 장식(冠飾)으로 왕과 왕비 각기 한 쌍씩 무령왕릉에서 발굴되었는데 이들도 초화형 형식으로 분류된다.

애정의 손길

〈청자모자원형연적〉

지혜롭다는 점 외엔 그리 호감의 대상이 되지 못하는 동물 가운데 하나가 잔나비로도 불리는 원숭이다. 우리 민족에게 이 동물에 얽힌 민담民譚이나 속담 등이 드문 것은 무엇보다도 우리 산천에 살고 있지 않아 친숙치 못한 데서 그 이유를 찾게 된다. 그러나 의외로 조형예술 가운데는 공예의 문양이나 조각 및 회화에 이르기까지 어렵지 않게 발견되는 동물이기도 하다.

아주 뛰어난 미술품에서 선뜻 원숭이를 찾아볼 수 있으니 원숭이가 사자, 코끼리 등과 마찬가지로 불교를 통해 알려진 동물임에는 틀림없다. 불교 조형물로부터 이와 무관한 것에 이르기까지 다방면에 걸쳐 있다. 조각으로는 우선 무덤 주위를 돌린 열두 띠의 호석護石 중에 원숭이가 있고, 공예로는 여기서 소개하는 고려청자 이외에 조선시대 백자의 표면 장식화에서도 등장한다. 단순한 술병 외에 연적이나 묵호, 벼루 같은 문방구류에서도 보인다.

어미와 새끼를 함께 청자로 빚은, 오른쪽의 걸작은 사진으로는 꽤 커 보이지만 실제 크기가 10센티미터밖에 안 되는 아주 작은 것이다. 마치 조각처럼 여겨져 쓰임새 또한 유심히 보기 전에는 쉽게 짐작이 안 될 것이다. 도판을 원색으로 보여주지 못해 아쉽지만, 푸른 비취색에 매우 맑은 유약의 광택이 빛나는 사뭇 깔끔하고 산뜻한 외모를 지니고 있다. 어미와 새끼 모두 한가운데 구멍이 있어 용도는 벼루에 물을 담는 연적임을 알 수 있다. 이 명품은 일제 강점기에 우리 민족미술의 보화를 모아 간송미술관澗松美術館을 건립한 전형필(全鎣弼, 1906-1962) 선생께서 수집하신 것이다. 1937년 2월 선생은 일본에 있던 고려청자 명품의 일급 수장가인 영국인 변호사 갯스비(Sir. John Gadsby)에게 그의 수장품 전체를 인수했다. 이들 중 이미 석 점이 국보로, 석 점이 보물로 지정되었는데 55년 만인 1992년 4월 이 연적도 국보 제270호로 지정되었다.

새끼를 품에 안은 어미원숭이의 눈길은 몹시 따사롭다. 한 손으로 새끼의 엉덩이를 가볍게 어루만져 감싸고 다른 한 손으론 등을 도닥거리고 있다. 얼굴이 새끼를 향한 것이 아니어서 모자母子 사이의 눈빛이 만나고 있지는 않다. 그러나 두 팔을 힘껏 뻗어 한 손은 어미 뺨에 또 한 손은 따사로운 어미 가슴을 더듬고 있는 새끼의 동작에 어미가 새끼의 옹알이에 귀를 기울인 양 보여 모성애를 느끼게 한다. 우리 모두 어린 시절이 있었기에 잠시나마 그 순간을 기억하게 되는 것인지도 모른다. 또한 그리스도교 문화권의 '성모자상聖母子像'과 통하는 감동을 받게 된다.

〈청자모자원형연적 靑磁母子猿形硯滴〉
고려시대(12세기 전반), 높이 10cm, 간송미술관 소장.

사랑이 깃든 동작은 모든 것을 아름답게 만든다. 사랑이 깃든 손길은 매라 할지라도 잘못을 정화하고 바름을 일깨운다. "어머니의 손은 약손이다"라는 말도 사랑의 손길이기에 타당성을 얻는다. 이 아름다운 연적을 손에 쥐고 사용한 우리 선조들 모두 애정의 손길을 지닌 따뜻한 마음의 소유자였고, 이 연적에 담긴 물로 간 먹은 하나같이 사람을 감동시키는 아름답고 따뜻한 글과 그림이 되었을 것이다.

이 귀한 민족 유산을 우리에게 전해주신 전형필 선생 또한 오늘날까지 체온이 감지되는 듯 미래를 향한 영원한 애정의 손길을 지닌 분이었음이 분명하다.

고요함
안견의 〈몽유도원도〉

우리는 고요를 즐기는가. 고요함을 느낄 수 있는 공간을 갖고 있는가. 스스로 고요함을 찾은 적은 있는가. 고요 하면 우선 쓸쓸함이나 적막함을 떠올리게 되지만 그보다 한적함이 주는 여유 등 좀더 긍정적인 의미도 있다. 현대 생활은 자신의 의사와는 관계없이 너무 많은 것들을 듣고 보게끔 강요하고, 자신도 모르는 가운데 길들여진다. 이른바 문명의 소음, 소란스러움에 꽤나 자연스레 젖어들게 되었다. 그것이 마치 현대인의 특징인 양 길들여지고 소음에 둔감해진 것까지는 좋으나 이 때문에 잃은 것이 있다. 무엇보다도 자신과 그리고 절대자와의 대화를.

하루 종일 계속 들어도 귀에 거슬리지 않는, 고요를 흐트리지 않는 것들을 주변에서 열거할 수 있다. 때로 그것들은 진동이나 진폭과는 관계없이 조금도 거부감이나 부담감을 주지 않는다. 한여름 깊은 산의 폭포 소리, 봄날 이른 새벽 숲에서 들리는 새들의 합창, 폭염에 항거하는 풀벌레 소리 등이 그러하다. 우선 귓전에 울리는 소리들임에는 틀림없으나 우리들은 이 소리들에 쉽게 친숙해지며 이에 아랑곳하지 않고 생각이나 사색에 빠져들 수 있다. 유행가를 틀어놓고 책을 읽긴 힘들어도 클래식 음악을 들으면서는 가능한 것과 일맥상통한다.

우리 전통 미술의 특징 가운데 하나로 '고요의 아름다움'도 열거된다. 번잡하지 않고 요란 시끌벅적하지 않고 차분하고 정갈하며 은은한 분위기 등으로 지칭되기도 한다. 그것은 바로 우리 민족이 지닌 심성에 기인하는 것으로 그림, 조각, 공예 등 전 예술분야에서 두루 간취된다. 여기서는 조선 초기 잘 알려진 화가 안견(安堅, 15세기)의 걸작 〈몽유도원도夢遊桃源圖〉 한 점을 대상으로 고요함을 읽어보려 한다. 이 명화는 조선 그림의 어엿함을 선뜻 보여주는 명품으로 현재 일본 텐리天理대학도서관에 소장되어 있는데 1986년 모국에 되돌아와 매우 짧은 기간이지만 3주간 일반에게 공개된 바 있다.

동아시아문화권에서의 파라다이스는 무릉도원武陵桃源이다. 복숭아꽃이 만개하고 세간世間에서 벗어난 곳, 그러기에 다툼이 없는 평화로운 곳이다. 이 〈몽유도원도〉는 안평대군 이용(李瑢, 1418-1453)의 꿈을 주제로 한 것이나 그 시원은 바로 중국 진晉나라 시인 도연명(陶淵明, 362-427)의 『도화원기桃花源記』에서 찾을 수 있다. 중국에서도 문징명(文徵明, 1470-1559) 등이 이를 다룬 그림을 여럿 그렸다. 그러나 중국의 그림 중에 안견의 것과 유사한 것은 찾아볼 수 없으니 그것은 바로 안견의 독창성을 의미하는 것이기도 하다.

〈몽유도원도夢遊桃源圖〉(부분)
안견, 비단에 담채, 38.7×106.5cm, 일본 텐리대학도서관 소장.

매우 섬세한 그림이어서 일견 복잡해 보이기도 한다. 환상적인 바위로 둘러싸여 마치 분지 같은 위치에 있는 도원, 집도 몇 채 보이지 않으며 사람의 그림자라곤 찾아보기 힘들다. 도원 중심부에 정박 중인 임자 없는 빈 배만 보일 뿐이다. 철저한 침묵만이 감도는 곳, 그러나 잠시 그림을 바라보면 그 안에 폭포가 있고 꽃이 만개했으니 벌과 나비들이 부산할 듯도 하다. 마치 시간이 정지된 듯 고즈넉한 평온 속에 새삼 한가로움과 고요가 주는 유현幽玄한 아름다움을 감지케 된다. 그림 그린 솜씨나, 화면 구성의 뛰어난 능력도 돋보이지만 결국 그림의 주체가 창출하는 고요함에 잠기게 되며, 이를 통해 우리는 고요의 미학에 조금씩 접근케 된다.

고요는 마음과 정신이 자유스러워져 비로소 우리의 참 모습을 직시케 되는 장소이며 순간이기도 하다.

넉넉함

나전 포도 무늬가 있는 옷상자

집을 옮기거나, 책상을 정리하다 보면 당장 필요한 것은 아니지만 버리기 아까운 것들이 한둘이 아니어서 어떻게 할까 망설여질 때가 있다. 그럴 때면 이것저것 자질구레한 것들을 적지 않게 지니고 있음을 새삼 깨닫게 된다. 중요성과는 별개로 소유하고 있다는 안도감 때문에 그런지도 모른다. 그래서 잘 정돈되어 있으면 쓸모 있는 물건일 텐데 제자리에 놓여 있지 않아 무용지물이 되어버리기 일쑤다.

좀더 솔직히 성찰하노라면 자신이 무슨 귀한 것을 지니고 있고, 어떠한 가능성의 소유자인지도 도외시한 채 나날을 그저 바쁘게 보내곤 한다. 더 나은 내일, 풍요로운 내일을 위한다는 명분으로 정녕 넉넉한 것이 어떤 것인지도 모르는 채 마치 지하도에서 앞 사람이 바빠 걸어가니 모두들 서두르는 것과 같은 모습이다.

넉넉함이라 하면 우선 물질적인 것, 금전적인 것을 떠올리는 게 일반적이다. 살아가는 데 쪼들리지 않고 어느 정도 돈 쓰는 재미를 느낄 수 있는 상태라고나 할까. 모자라지 않고 남는 상황인데, 남은 것이 어느 정도 되어야 넉넉함을 느끼는지는 사람마다 다르기 때문에 객관적인 기준이 모호하다. 주머니에 든 같은 액수의 돈이라도 그 소유자가 느끼는 가치는 각기 다르다. 상대적 빈곤이라는 용어가 말해주듯, 사람마다 생각이 제각기 달라 넉넉함의 인식 여부도 천차만별이다.

작지만 크게 느껴지는 것들도 있다. 탐스러운 것은 단순히 덩치나 부피가 큰 것만을 가리키지 않는다. 비록 한 알 한 알은 크지 않으나 이들이 붙어 있어 한 송이를 이루는 포도는 풍요롭게 보인다. 석류도 마찬가지다. 그리 크지 않지만 열매가 터져 그 안에 꽉 찬 투명하고 영롱한 알갱이들이 빛을 발할 때 우리는 넉넉함을 느낀다. 맛도 뛰어나지만 이와 같은 이유로 이들 과일들은 풍요와 다산을 상징하는 식물로 오랜 세월 변치 않는 사랑을 받아왔다. 이 두 과일은 비단길(Silk Road)을 따라 서방에서 전래된 것으로 문학으로 상찬되고 조형예술의 소재로 빈번히 등장한다. 일찍이 고려청자를 비롯해 조선백자의 무늬로도 포도가 나타났다. 특히 조선시대 선비들은 먹만으로 포도를 즐겨 그려 다른 나라에서 유례를 찾기 힘든 독자적인 양식을 이루기도 했다.

도판은 높이가 13센티미터에 불과한 납작한 상자의 뚜껑 부분이다. 나무에 자개로 한 그루의 포도나무 무늬를 박아넣었다. 우리 민

포도 무늬가 있는 나전칠기 옷상자(螺鈿葡萄文衣裳箱)
조선시대(17-18세기), 43×72×13cm, 일본 야마토문화관 大和文華館 소장.

족은 용기의 표면을 파고 그 안에 다른 물질을 넣어 무늬를 내는 기법을 몹시 선호했다. 청자에 상감기법, 금속기에 입사기법 그리고 나무에도 자개 등을 박아 장식하였다. 우선 화려함과 섬세함에 경탄케 되어 매우 귀한 물건을 넣는 상자임은 어렵지 않게 알 수 있다. 옷을 넣는 상자로, 당시 묵포도를 즐겨 그린 17, 18세기 화단의 경향을 반영하는 듯하다. 비록 병자호란을 겪어 어수선한 때가 없지 않았으나 크게 자성하고 시련을 발전의 기틀로 삼아 부흥의 기운이 높던 시대상을 보여주는 듯 넉넉함을 읽을 수 있다. 당시 선비들이 즐겨 그린 포도가 옷상자에 무늬로도 나타났으니 그림에 가까운 듯 회화성이 돋보인다. 포도가 단맛을 풍기기 시작했는지 벌과 나비가 날아든다. 이런 옷을 넣는 상자 중에는 포도덩쿨에 동자들이 매달려 있는 포도동자문이 시문되어 있는 것들도 있다.

이 상자 안에 옷을 넣고 꺼낼 때마다 여인들의 손길은 포도를 쓰다듬으며 넉넉함을 염원했으리라.

미소
〈금동일월식반가사유상〉

화랑이나 미술관을 찾아 각종 조형예술과 만나는 것은 결코 특권층의 전유물은 아니다. 문화 공간은 늘 우리를 위해 열려 있으며, 일 년이면 수천 회가 넘게 열리는 전시는 관심과 의욕만 있다면 누구나 쉽게 접할 수 있다. 문제는 너무나 개성적인 작품들이 선뜻 우리들 가슴에 와 닿지 않는 데 있다.

미술에 있어 구상과 추상은 진보나 발전의 개념과는 다르지만, 보는 이를 편하게 하는 따뜻함이나 미소를 드러낸 우리 시대의 작품을 만나기 어려운 점이 화랑 같은 문화 공간에 발길을 뜸하게 하는 요인은 아닐까. 그러나 불교 조각 같은 전통미술 속에서는 어렵지 않게 그 미소를 발견할 수 있다. 비록 종교와 사유체계가 다르고 시대의 격차가 크다 할지라도 여전히 우리를 감동케 하는 큰 기쁨과 즐거움이 이들 예술품 속에 있다.

미소는 소란스럽지 않다. 호들갑이 아니기에 킥킥거리거나 깔

깔거리는 소리도 들리지 않는다. 순간에 끝나는 동작이 아니며 긴 여운의 차분한 행위이기도 하다. 근육운동이라기보다는 내면에서 솟아나 외피에 전달되어 빚어진 표정 자체다. 그렇다고 잘못된 화장처럼 본 바탕을 감추거나 바꾸는 것은 결코 아니다. 미소에도 감정이 실리는 것은 부인하기 힘드나 찰나적이거나 즉흥적인 것이 아니라 내면 깊숙한 곳에 연원을 둔 것이기에 고요함과 조용함 가운데 드러난다. 생글거리는 교언영색巧言令色과도 거리가 멀다.

기쁨과 즐거움은 숨길 수 없이 드러나는 법, 참 기쁨을 지닌 자만이 미소 지을 수 있다. 그러나 간혹 해맑은 미소, 밝은 미소, 환한 미소 등과 달리 미소의 본뜻과는 거리가 먼 창백한 미소, 하얀 미소, 찬 미소 등과 같이 수식어가 붙어 엉뚱한 의미가 되기도 한다. 미소는 수식어 없이 그 자체만으로 족하다. 꽃망울을 터트리는 화사한 꽃에서, 아직 말은 못 하나 옹알거리다가 벙긋거리는 아기의 천진한 얼굴에서도 미소를 읽을 수 있다. 소리 없는 웃음이 미소가 아니라 소리도 낼 수 없는 은밀한 기쁨이 빚어낸 웃음이 미소다.

우리 민족은 7세기 후반에 이르러 제한된 영역으로 완전한 일치로 보기는 힘드나 최초로 셋이 하나로 되는 통일을 이룬다. 이 쾌거에 앞서 6세기 후반과 7세기에 이 기쁨을 미리 보여주는 양 삼국시대 금동불상의 백미白眉인 두 금동미륵보살상이 탄생했다. 청동으로 빚어 겉에 금을 입힌 1미터 내외의 크기로 완숙한 아름다움을 갖추고 있다. 이 둘은 각기 국보 78, 83호로 지정되었다. 오른쪽의 도판은 둘

〈금동일월식반가사유상 金銅日月飾半跏思惟像〉(얼굴 부분)
삼국시대(6세기 후반), 높이 83.2cm, 국립중앙박물관 소장.

중 시대가 앞선 국보 78호 불상으로 머리에 쓴 보관 윗면에 해〔日輪〕와 달〔新月〕이 결합된 장식이 있어 〈금동일월식반가사유상金銅日月飾半跏思惟像〉이라고 불린다.

부처의 가르침이 우리 영토에 이르러 몇 세기가 흐르자 시원지인 인도나 이를 전해준 중국과는 구별되는 신앙과 사상체계로 성장하여 우리 것으로 뿌리를 내리게 된다. 진리란 우리 것, 네 것으로 가를 수 있는 것이 아니고, 바른 가르침에 국산, 외제가 있을 수 없듯이 첫 만남에서의 이질적이고 이국적인 면모가 점차 사라지는데, 이는 이를 가시적으로 표현한 조형미술에서도 분명히 드러난다. 외국인의 몰골에서 우리의 이상적인 얼굴로 자연스레 바뀌게 된 것이다.

비록 광배〔光背, 그림이나 조각에서 인물의 성스러움을 드러내기 위해 광명을 표현한 둥근 빛 테〕가 빠져 화사함이 덜하며 조금은 여성적인 얼굴에 가냘픈 몸매지만 원만한 얼굴에 살포시 감긴 눈매는 부질없는 세상 잡사에서 벗어나 영원한 것에 시점을 둔 듯 여겨진다. 동양 조각사에 있어 기념비적일 뿐 아니라 우리 인류의 긍지를 드높인 걸작으로 손꼽히는 이 불상은 반듯한 이마에 오똑한 콧날 그리고 다문 입은 눈 주위와 마찬가지로 영원한 미소를 머금고 있다. 보는 위치에 따라 표정이 조금씩 바뀌긴 하지만 영생의 의미와 진리의 깨침을 얻은 각자覺者의 미소는 저리도 고요하고 아름다운가 보다. 바라보면서 그 미소에 닮아감을 느낄 때 우리의 기쁨은 더욱 불어난다.

조촐함

〈백자청화팔각병〉

과거 우리 나라가 도자기 왕국이었음은 서울 경복궁에 위치한 국립 중앙박물관을 가보면 쉽게 공감할 수 있다. 3층 대부분이 고려 및 조선시대 도자기로 채워져 있으니 선사시대에서 삼국시대까지의 토기를 포함하면 진열품 절반 가량이 이 범주에 드는 셈이다. 이들 도자기들은 오늘날엔 문화재로 그리고 값비싼 골동품으로 잘 모셔져 귀한 대접을 받고 있지만, 원래는 실제 생활에 사용된 그릇들이 주를 이룬다. 생활용기였기에 한 민족의 미의식과 생활 정서가 다른 어떤 분야보다도 진솔하게 드러나 보이는 것이기도 하다.

17세기 말에 제작된 백자로 난초, 대나무 무늬 팔각병八角瓶은 키가 30센티미터에도 미치지 못하며, 가는 목은 손으로 쥐기에 알맞은 규모다. 목에서 몸통으로 자연스레 넓어지면서 팔각을 이루고 있어 그저 두리뭉실한 것과는 다르며 결코 지나치지 않으면서 적당한 모나기도 하다. 일종의 지조나 절개와 통하는 감각마저도 감지된다. 순백의 새하얀 표면이 주는 다소 차가우나 결백한 느낌은 잘 다듬어진 품성인 양, 수양 잘 된 조선시대 선비를 대하는 듯도 하다. 쓰임새는 술병이며, 절대 많은 양이 들어갈 크기는 못 된다 하겠다.

여덟 등분된 몸통에는 두 면을 제외하고 각기 삼면에 걸쳐 청화 〔靑華, 중국에서 생산하던 푸른 물감)로 그린 격조 있는 대나무와 난초가 수묵화처럼 등장한다. 중국 도자기처럼 전면을 꽉 채운 무늬와는 크게 구별되는 회화성 짙은 무늬라는 건 어렵지 않게 수긍케 된다. 무늬라기보다는 한 폭의 문인화를 대하는 듯한 느낌이 강해 적당한 용량이 들어가는 부피와 더불어 절제와 통하는 조출함을 읽을 수 있다. 이는 우리 도자기 전체에서 엿볼 수 있는 공통된 특성이기도 하다.

이 백자는 가톨릭의대 학장을 역임하신 박병래(朴秉來, 1903-1974) 박사께서 1974년, 50년 가까이 모으신 명품 도자기 수백 점을 국립중앙박물관에 기증하셨는데 그 안에 속해 있다. 일찍이 '한국미술 이천년전'과 '한국미술 오천년전'의 일본 전시 및 유럽과 미국 전시에도 출품된 적이 있던 명품이다. 평생 도자기의 곁에서 그 아름다움을 체득하신 박병래 선생은 이 백자처럼 조출함을 남달리 즐기신 멋진 분이란 생각도 든다.

　　　．

조출하다 함은 크거나 넉넉한 것과는 거리가 있다. 그렇다고 초라하거나 부끄럽다거나 부족함 등과는 다른 의미다. 허세나 과장이 아니기에 일종의 소박함에 가까운 뜻을 지닌다. 사전에 나타난 정의

백자청화 난초·대나무 무늬 팔각병 〔靑華白磁蘭竹文八角瓶〕
조선시대(17세기 말), 높이 27.5cm, 국립중앙박물관 소장.

는 '아담하고 깨끗하다', 행동이나 행실이 '깔끔하고 얌전하다' 그리고 외모에 있어서는 '맑고 맵시 있음' 등이다. 짜임새 있는 잘 정돈된 삶이며, 절제된 생활철학을 지칭하는 것이기도 하다. 허욕과 과소비 때문에 오늘날 우리가 다른 어떤 것보다도 먼저 잃게 되는 덕성 가운데 하나가 바로 이 조촐함이다. 조촐한 가정, 조촐한 태도, 조촐한 용모들을 점점 찾아보기 힘들다.

조촐함은 우리 민족이 지닌 내세울 만한 멋 중의 하나로 제시됨직도 하다. 인류 역사상 단일 왕조로서는 그 유례를 찾기 어려운, 5백 년 넘도록 견지케 한 조선왕조는 선비들의 정신 속에 조촐함이 함께 자리잡고 있었기 때문에 가능했던 것인지도 모른다. 과하지도 모자라지도 않은 삶, 중용中庸의 삶을 가장 간단히 표현한 단어가 조촐함은 아닌지. 간결함과 조촐함이 주는 아름다움에서 감동케 되는 까닭은 오늘날 우리 삶이 이 아름다움에서 사뭇 멀어진 때문은 아닌지 되묻게 된다.

열린 마음

최북의 〈빈 산〉

세상 것에 눈을 돌리지 않고 영원한 것에 목표를 둔 이들이야말로 진정한 욕심꾸러기란 생각이 든다. 고만고만한 사람들인데, 이 중에 누군가 일상사에 있어 조그마한 성취가 주는 잔기쁨을 거부하거나 백안시白眼視한다면 일반인들의 눈에는 별나거나 비정상으로 보이기도 할 것이다. 간혹 술자리 같은 데서 "인생은 허무한 것", "까짓것" 하면서 객기를 부리기도 하지만 그것은 지극히 순간적인 발언일 뿐이다. 가끔 그런 생각이 들지 않는 것은 아니다. 하지만 우리네 보통 사람들은 그와 같은 생각을 집요하게 계속 지닐 만큼 강하지 못해 내뱉은 말에 자신 없음을 스스로 고백하지 않을 수 없게 된다. 대개의 사람들은 예외가 있을 수 없는 오직 한 번뿐인 고귀한 삶, 그 자체를 싸잡아 업신여기는 데 심한 자괴감을 느낀다. 삶의 가치를 하락시키는 것은 무엇보다 인간 본연의 자존심과 거룩함에 상처를 주는 어리석은 행위이기 때문이다.

영원한 것을 얻기 위해 노력하는 모습은 인간이 다른 존재들과 다른 점이리라. 우리는 시계視界를 흐리는 검불 같은 욕심에서 벗어나야 한다. 마음의 오지랖을 더욱 넓게 벌려야 한다. 크고 영원한 것을 얻기 위해서는 크고 너른 공간이 필요하다. 때로 허虛하게 보이기도 하는 빈 마음은 욕심 없는 마음이며 그렇기에 매우 너르고 열린 마음이다. 마음을 비운다는 것은 허무감이나 비애 같은 회색빛 감정을 버린, 나약하고 어리석고 째째하고 옹졸한 것들을 송두리째 몰아낸 글자 그대로 '비우고 없는 상태'다. 새로운 내일을 위해 일정한 계절에 옷을 벗는 나무들에서 이와 닮은 의미를 읽기도 한다.

실제와 똑같이 그린 그림을 보았을 때 "참 잘 그렸군" 하면서도 별로 감동이 솟지 않음을 경험한 적이 있을 것이다. 꼭 같기로는 사진 이상의 것이 있을까. 여기서 소개하는 그림은 일견 스산해 보여 아름답다는 생각이 금방 들지는 않는다. 그러나 시간을 두고 찬찬히 바라보면 점차 애정이 가는, 꽤나 여운을 느끼게 하는 그림임을 깨닫게 된다. 18세기에 두드러진 활동을 보인 화가 최북(崔北, 1712-1786쯤)이 태어난 해는 최근에야 비로소 알려졌다. 갖가지 기행과 신비에 싸여온 최북의 태어난 해를 밝혀준 기록은 바로 1801년 신유박해辛酉迫害 때 순교한 이가환(李家煥, 1742-1801)의 『동패락송東稗洛誦』이다. 남다른 일화 등 최북을 언급한 기록은 적지 않으나 어떻게 해서 이가환만이 최북의 출생연도와 부친 이름까지 명기하고 있는지는 아직 풀지 못한 수수께끼다.

〈빈 산[空山無人]〉
최북, 종이에 수묵담채, 33.5cm×38cm, 서울 개인 소장.

〈빈 산〉이라고 불리는 이 그림은 소품으로 중앙에 접힌 자국이 알려주듯 화첩에서 떨어져 나온 것이다. 같은 화첩에 속했던 〈처사가 處士家〉라는 다른 한 폭도 공개된 바 있다. 화가 자신이 화면에 제시題 詩로 밝혔듯 매우 탈속脫俗한 내용을 담고 있다. '사람이 없는 빈 산, 물이 흐르고 꽃은 피네〔空山無人 水流花開〕.' 비록 빈 산이라 했지만 사람이 보이지 않을 뿐 그 안에는 나무와 폭포의 물이 떨어지는 소리, 바람과 새 소리가 있고 머물 정자도 있다. 쓸쓸함마저 보이는 정경이나 그 이면에 깃든 어떤 것을 화가는 아쉬움 없이 화면에 전개시키고 있다. 소슬함이나 처량함의 감상 어린 차원이 아닌, 비록 가시적으로 나타나지는 않지만 모든 것을 존재케 하는 생명력의 기운이 여백 속에 엄존함을 감지케 한다. 그것은 오늘에 깃든 내일이며, 찰나에서 읽는 영원이며, 한겨울에 읽는 여름이다.

너그러움

〈백자달항아리〉

우리는 각지거나 모난 것보다는 둥근 것을 좋아하는 편이다. 옛 동양인들은 하늘은 둥글고 땅은 모난 것으로 생각했으나 지구 또한 둥글다는 사실도 인식하기에 이르렀다. 직선과 달리 곡선이 주는 느낌은 우선 부드럽다. 모나지 않고 부드러운 성격의 소유자를 흔히 '원만한 사람' 이라 부른다. 마치 둥근 보름달같이 꽉 차 있는 넉넉한 형태라고나 할까. 원만한 사람의 가장 일반적인 특징은 너그러움에 있다. 오늘날 주변에서 마음이 넓고 포용력이 커 그저 곁에 있기만 해도 넉넉하고 뿌듯하게 느껴지며 따사로움이 전해지는 사람을 몇이나 찾아볼 수 있을지.

언제부터인가 우리는 너그러움에 대해 잘못 이해하고 있는 듯하다. 이를테면 주인이 하인에게 대하는 모질지 않은 태도, 부자가 가난한 이에게 베푸는 선심, 또는 강한 자가 약한 자에게 주는 자비심

정도로, 혹은 약자나 패자 그리고 부족한 이들이 기득권을 가진 자들에게 취하는 비굴함을 포장하는 용어로 생각하지는 않는지. 그러나 이상의 것들은 너그러움과는 전혀 무관하다.

너그러움 하면 우선 인품이나 사람 됨됨이가 주는 느낌일진대 너그러움을 경제적인 풍요로, 가시적이고 물리적으로 생각케 됨은 우리들의 심성 또한 물질적으로 변모한 탓일까. '너글너글함'을 '느글느글함' 쪽으로 잘못 이해함은 아닌가. 느글거림은 과식욕이 보여준 생리적 반응인 반면 너글너글함은 이와는 전혀 다른 너그럽고 시원한 마음씨가 주는 아름다움의 수식어다. 있는 자의 동정이 빚는 수직적인 주고받음이 아니라 수평선상에서 벌어지는 나눔의 미덕이 너그러움이다. 보잘것없는 이기심에서 선뜻 벗어나 서로를 아끼고 위하는 마음 자체가 너그러움은 아닌지. 그것은 '우리가 서로 용서하듯이'로 요약되는 주기도문 가운데 한 구절과도 통하는 의미다.

마치 달처럼 생겼다고 하여 '달항아리'라고 지칭되는 조선백자가 있다. 처음 대면할 때는 별로 눈에 뜨이지 않으나 가까이 하고 바라볼수록 정이 더한다. 한 쪽이 일그러져 완전한 좌우대칭을 이루지는 못한 점이 바로 멋의 핵심이다. 이는 우리 민족의 심성에 깊숙이 내재한 아름다움의 한 요소이기도 하다. 완벽을 거부하며, 생긴 그대로를 인정해 주는 어질고 너그러운 마음씨를 그대로 드러낸 것이다. 그것은 익살이기도 하며, 때로는 무신경이나 끝맺음의 결여 등 부정적인 측면에서 거론되기도 한다. 장단점을 논하기에 앞서 특징임에는

백자달항아리〔白磁壺〕
조선시대(18세기 전반), 높이 40.7cm, 국립중앙박물관 소장.

재론의 여지가 없다 하겠다. 대부분의 도자기가 그러하듯 그냥 모셔 놓고 바라보는 관상용이 아니라 그 안에 내용물을 담는 생활용구로 제작된 것들이나, 이들 생활공예에서까지 선조들의 가락 잡힌 멋과 예술혼을 감지케 된다.

경기도 광주군에 위치한 관요官窯인 금사리가마에서 18세기 초 탄생한 달항아리는 매우 잘 알려진 명품으로 우리 문화재의 해외전 시가 있을 때마다 출품되곤 했다. 일반 서민용이 아닌 왕실을 비롯한 상류층 전유물로서, 이를 만든 도공은 우리 도자기사에서 대개 그러 하듯 성도 이름도 전해지지 않는다. 이 항아리를 쓰는 이들이 일그러 짐을 지적하고 완전한 형태로 만들 것을 명했더라면 이렇게 맵시 있 는 일그러짐을 간직한 채 전해지지는 못했을 것이다. 하나의 조형예 술에 담겨진 미감은 신분과 계층을 뛰어넘어 민족 전체가 추구한 미 의식을 솔직하게 그대로 반영하는 것임은 다 아는 사실이다.

여전히 이런 형태를 선호하기 때문인지 오늘날에도 달항아리는 많은 복제품이 만들어진다. 그러나 천편일률적으로 차가운 흰색에 윤 택이 너무 강하고 매끄럽다. 어지간히 모습은 유사하나, 색조에 따뜻 한 체온이 감지되는 우윳빛 흰색인 선조들 것과는 달리 창백하기만 하다. 조선시대 달항아리는 겸손과 온유함을 담은 우리 민족의 따뜻 하고 너그러운 마음의 표상이었을진대, 이미 우리의 심성이 이에서 크게 벗어났고 그와 같은 본질적인 내용물이 빠져서일까.

달항아리 명품名品들은 한둘이 아니며, 그 크기도 다양하다. 그 중에서 특히 두드러진 것으로는 '18세기 한국미술전'을 통해 1993년 미국에서도 공개된 대호(大壺, 48.2cm, 국보 제252호, 이학李鶴 소장)를 들 수 있다.

끼끗함
〈청자오리형연적〉

세월의 흐름에 따라 즐겨 사용하는 언어도 바뀌면서 사용빈도가 낮아지거나 의미가 달라지기도 한다. 이러한 까닭에 고전은 시대 흐름에 맞춰 새롭게 번역되어야 하며, 여기에는 성경이나 불경 등도 예외가 될 수 없다. 일찍 번역된 책을 접하다가 이따금씩 아름다운 순 우리말들을 만나면 무척 반갑다. 이를테면 '유난히 귀엽게 사랑하다' 는 의미의 '괴다' 나, '재산이 많다' 또는 '살림이 넉넉하다' 는 의미의 '가멸다' 등이 그 예다. 이들은 옛말이 아니면서도 오늘날 젊은이들이 잘 사용하지 않는 말들이다. 시간의 흐름 속에 바뀌지 않는 게 있을까. 그렇기에 우리의 매순간은 더 없이 소중하며, 시간만이 아니라 그 안에 담긴 존재 또한 중요한 의미를 지닌다.

어린 시절 기억으로 나이 드신 분들이 아이들을 앞에 두고 즐겨 사용하신 말 중에 '기특하다' 와 '끼끗하다' 가 있었다. 기특하다는

〈청자오리형연적(青瓷鴨形水滴**)〉**
고려시대(12세기 전반), 길이 13.1cm, 높이 8cm, 간송미술관 소장, 국보 제74호.

말은 요즘도 자주 사용하는데 '끼끗하다' 만은 좀처럼 듣기 어려워졌다. 예전에는 어린아이 근처에 늘 노인들이 계셨으니 손주를 등에 업은 할머니들은 아직 말도 못하며 벙긋거리는 아이들을 바라보시며 "그녀석 참 끼끗도 해라" 하며 덕담을 하시곤 했다. 자라는 아이들의 말이나 행동거지가 신통하거나 귀염성이 보일 때면 "기특하기도 해라"를 연거푸 입에 담으시곤 한다. 끼끗하다는 말은 우리 세대까지는 곧잘 쓰였으나 이젠 생경한 용어가 되고 만 듯하다.

끼끗하다에 남다른 애착이 있어 간혹 지면상紙面上에 사용하면 예외 없이 깨끗하다로 바뀌어 활자화되곤 해 언짢은 적이 있다. 해서 '끼끗한 푸르름' 이란 제목으로 수필 한 편을 발표하기도 했다. 끼끗하다의 사전적 정의는 '생기가 있고 깨끗하다', '싱싱하다', '구김살 없이 깨끗하다' 등이다. 깨끗하다는 뜻도 없지 않으나 생기와 싱싱함의 의미가 포함되어 있어 단순히 깨끗한 것과는 사뭇 차이가 난다. 무엇보다도 무생물이 아닌 호흡이 느껴지는 생명 있는 싱그러운 것에 사용하는 말이기에 어휘 구사에 꽤나 신경 쓰이는 용어가 아닐 수 없다.

그렇기에 생명력이 감지되는 예술품에 이 용어는 수식어로 사용이 가능하다. 이를 느끼게 하는 주옥 같은 우리 문화유산이 한둘은 아니나 고故 최순우 선생께서 '잔 재주의 공功이 아니라 탁 트인 심안心眼이 불가결한 표현에만 진실과 순정을 기울인 것' 으로 갈파하신 〈청자오리형연적〉에서 선뜻 드러난다. 고려청자는 실생활이나 의식 등에 사용된 그릇들이나, 공예라기보다는 오히려 조각에 가까운 것이 있다. 이들은 중국의 각종 고동기, 오리·원앙·사자·기린·용·원숭이·물고기·토끼 등 동물, 참외·죽순·대나무·석류·연꽃·표주박 등 식물 그리고 인물을 본 딴 형태들로 상형청자象形靑磁라고 지칭된다. 이들 중 사자 형태의 향로를 보고 1123년 고려에 온 송나라 사신 서긍徐兢이 "지극히 정교하고 절묘하다(最精絶)"고 극찬한 바 있다.

길이가 10센티미터 내외, 키는 8센티미터 내외로 손에 쥐기 알맞은 크기를 지닌 〈청자오리형연적〉이 여러 점 알려져 있다. 꼭 같은 형태는 아니나 이들은 부리에 연지蓮枝를 물고 있으며 등 뒤로 연잎과 연꽃봉오리를 꼭지로 나타낸 공통점이 있다. 이 가운데 백미로는 고려 순청자 전성기인 12세기 전반 전라남도 강진군 사당리에서 태어난 것으로 국보 제74호로 지정된 간송미술관 소장품이다. 해맑은 비췻빛 푸른 색채를 지닌 청자로 물 위에서 유유히 한가롭게 유영하는 한 마리 오리를 능숙한 솜씨로 빚은 이 연적은 세련미의 극치를 보여준다. 부리는 다물었으되 연줄기가 물려 있고, 등 중앙으로 자연스레 연잎과 연꽃봉오리가 등장한다. 사철〔砂鐵, 쇳모래〕로 나타낸 눈은 순하디 순한 표정을 짓고 있으며 음·양각기법을 혼용하여 깃털 세부도 빠뜨리지 않고 있다.

깨끗함에서 머문 것이 아닌 풋풋함과 싱그러움이 어우러진 끼끗함이 강하게 간취되는 명품이 아닐 수 없다.

필자가 1976년 겨울부터 참가한 바 있는 강진 도요지 발굴에서 1980년대 초 머리 부분이 떨어져 나갔지만 같은 기형의 오리연적을 발굴하여 전남 강진이란 구체적인 제작지를 확인할 수 있었다.

함초롬함
〈청자상감운학문매병〉

우리가 아름답다고 느끼는 것에는 반드시 그 나름대로 이유가 있다. 아름다움의 본질이나 정체 규명에 이르는 철학적인 골똘한 사고나 미학美學적인 고찰은 아니더라도, 단순한 감정이나 마음의 차원을 넘어 곱다거나 이쁘다는 식의 즉흥적인 느낌만은 아닌, 우리를 감동시키는 구체적인 요소가 분명히 있다.

　우리가 아름답다고 느끼는 바로 그 대상 앞에 놓이는 감탄사나 여러 수식어들이 이를 대변하는 것이기도 하다. 덤덤하거나 무디거나 무던한 마음 등 아름다움을 감지하는 능력은 사람에 따라 정도의 차이가 있다. 이는 훈련이나 교육보다 태어날 때부터 부여받은 것인지도 모른다. 아름다움을 남달리 감지하는 사람은 축복받은 영혼이 아닐 수 없다. 아마도 예술가의 첫째 자격이나 조건도 이 점이 아닐까 여겨진다.

〈청자상감운학문매병 青瓷象嵌雲鶴文梅瓶〉
고려시대(12세기 중엽), 높이 42cm, 간송미술관 소장, 국보 제68호.

우리 전통미술에서 아름다움의 한 요소로 '함초롬함'을 꼽을 수 있다. 엄밀히 말해 이는 우리 미술만이 아니라 미에 있어 인류 전체가 함께 공감하는 보편적인 요소 중 하나다. 함초롬함은 가지런하고 고운 것을 일컫는다. 크거나 작은 것이 섞이지 않고 고르며, 여러 끝이 한 줄로 고르게 되어 있는 것을 가지런하다고 하는데 여기에 고움이 갖추어지면 바로 함초롬하다고 한다. 이는 질서와 통하는데, 질서와 정돈은 아름다움의 한 요소다. 지저분하거나 어수선한 것이 아닌 잘 배열되고 정돈된 상태, 고르고 가지런함은 때로 몰개성적으로 간주될 수도 있겠으나 배열 여부에 따라 새로운 아름다움이 탄생하기도 한다.

함초롬함을 읽을 수 있는 것으로 12세기 중엽에 태어난 〈청자상감운학문매병〉을 제시할 수 있다. 제법 커서 아기자기한 멋과는 거리가 있으나, 전체가 주는 느낌에서보다는 그릇에 새겨진 무늬들을 여유로운 마음으로 바라보노라면 문득 함초롬함을 발견케 된다. 여백 없이 표면을 꽉 메운 무늬인데도 복잡하다거나 어지럽거나 혼란스런 느낌이 별로 들지 않는 점이 오히려 이상할 정도다. 희고 검은 이중의 원 안에 나타난 학들은 예외 없이 긴 목을 45도로 올려 비상하는 데 비해, 원 밖의 것들은 목과 다리가 수평에서 45도 아래로 하강하고 있다. 일견 복잡해 보이기도 하지만 나름대로 질서가 있다. 마치 물방울이나 수정 구슬 안에 들어 있는 학이 공중을 부유浮遊하는 듯 보이기도 한다.

매병梅瓶은 중국에서 시작된 기형器形으로 명칭 자체도 그쪽에서 온 것이다. 우리는 매병의 본래 용도에 대해서는 별 관심이 없는 듯하다. 오늘날 복제품은 전기 스탠드의 받침이나 꽃병으로도 쓰이는데 원래는 술을 담는 병〔酒瓶〕이다. 중국 옛 그림 중 연회 장면에 이 같은 기형에 담긴 술을 따르는 모습들을 찾아볼 수 있다. 예서 소개하는 매병은 결국 뚜껑이 없어진 셈이다. 비록 중국에서 먼저 만든 형태이나 한국적이라 부를 수 있는 국풍화國風化를 선뜻 이룸은 상감기법 외에 생김새에서도 선명히 드러나기 때문이다. 좁은 목에 둥근 어깨, 부드러운 곡선으로 이어지는 몸통의 유려한 선 등은 중국의 매병이 보여주는 사뭇 과장되거나 밋밋하게 굽도리로 이어지는 선묘와는 전혀 다른 감각이 아닐 수 없다.

　　이 병의 별칭은 '천학매병'이다. 학이 천 마리나 등장한다는 의미지만 실제는 백 마리도 못 된다. 흰 구름과 학, 즉 운학문雲鶴文은 다른 어떤 나라와 달리 우리 나라 고려자기에서 즐겨 사용한 문양의 하나다. 투명한 마음으로 이 병을 바라보노라면 그릇이란 좁은 공간에서 벗어나 푸른 하늘에서 눈부신 날갯짓을 하는, 그들 나이 이미 천 년에 가까우나 여전히 싱그러운 젊음을 지닌 학들을 만나게 된다. 고요가 배인 청초하고 해맑은 쪽빛 푸른색, 손끝으로 튀어나온 따사로운 마음씨가 빚어낸 아리따운 외모, 이와 더불어 애써 정성을 기울여 나타내되 조금도 뽐내지 않고 마치 야생화가 때맞춰 벙긋이듯 함초롬함을 보이는 무늬 등은 고려청자의 신비스러운 아름다움을 가능케 하는 요소들이다.

화사

신명연의 〈양귀비〉

우리 옛 조형미술 가운데는 화사華奢함을 엿볼 수 있는 것들이 적지 않다. 화사함을 주는 것으로, 제한된 특정 계층의 전유물이지만 우선 삼국시대 고분에서 출토되는 각종 꾸미개를 들 수 있다. 소박한 옅은 채색 의상에 대비효과로 악센트를 주는 노리개류, 여인들의 거주 공간인 안방에 놓이는 화각장 및 여러 가지 가구와 다양한 색채를 사용한 꽃그림 병풍 등도 그 예로 제시할 수 있다.

나아가 색 사용을 배제한 먹 위주의 수묵화에서도 화사함을 읽을 수 있다. 하긴 무채색인 검은색만큼 화려한 색도 찾기 어려울 것이다. 흑백사진이 주는 너른 상상의 폭은 화사함이 깃들 수 있는 공간이 된다. 먹으로 그린 사군자의 멋은 물론 이들 식물이 지닌 아름다움에 대한 인식을 전제로 한다. 아름다움에의 감동만이 또다른 아름다움의 탄생을 가능케 한다. 가슴과 마음에 이러한 감동이 끊긴 조형예술은 삭막할 수밖에 없다. 어둔 밤 흰 매화가 발하는 향기와 빛

〈양귀비〉
신명연, 비단에 채색, 29.8×20.0cm, 국립중앙박물관 소장.

깔의 경험은 묵매墨梅 이해의 절대적인 요소다.

  사전에 나타난 '화사'의 뜻풀이는 '화려하고 사치함'이다. '꾸밈
이나 거짓이 없고 생긴 그대로임'을 의미하는 '소박'과는 반대말이 되
겠으나, 자연 속에서는 존재 그 자체만으로 화사한 것들을 쉽게 접할
수 있다. 아름다운 깃을 가진 새, 겨울 끝무렵 언 땅을 뚫고 여린 생명
의 연둣빛 싹을 틔우며 푸르름을 토하는 각종 식물, 철 맞추어 피어나
는 여러 가지 꽃들, 자그마한 알에서 애벌레가 되고 화려한 날개를 얻
은 뒤 너른 공간을 자유롭게 날아다니게 되는 곤충들의 눈부신 변신에
서는 화사의 극치를 엿보게 된다. 생명이 있는 모든 존재들이 변화하고
태(맵시) 바꿈을 하는 성장의 제과정은 화사하다. 사람에게도 우선은
젊음이 화사한 것인 양 생각되나 그보다는 열리고 너른 마음, 변화를
두려워하지 않는 젊고 건강한 사고, 모든 것을 포용하는 큰 가슴 등
영혼의 성장이 이루어지는 순간들이 그지없이 화사한 것이리라.
  큰 감동까지는 아니어도 보기에 곱고 편한 〈양귀비〉는 선비화가
신명연(申命衍, 1809-1892)이 남긴 『산수화훼도첩山水花卉圖帖』에 들어 있
다. 부친은 묵죽墨竹의 대가 신위(申緯, 1769-1845)인데, 세월이 바뀐 탓
인지 아들은 이와 같이 화사한 꽃그림도 즐겨 그렸다. 붉은색, 흰색,
분홍색의 세 가지 양귀비를 함께 나타낸 그림을 유심히 보면 피어 있
는 상태가 각기 달라 꽃봉오리부터 활짝 핀 것까지 점진적인 과정을
나타낸 듯 여겨져 화가의 남다른 시각이 엿보인다. 화사함을 점진적
인 변화 속에서 찾았고, 순간이 아닌 진행형태로 이해했다고나 할까.

우리의 시선은 우중충한 것보다는 화사한 것에 먼저 끌리게 마련이다. 그것은 염세보다는 낙천樂天에 솔깃하는 것과 마찬가지 반응이다. 종교가 현실 도피처가 되어서는 안 되듯, 찰나적이며 말초적인 순간의 즐거움에 머물거나 거기에 빠져 그것이 최고인 양 여기는 것은 큰 어리석음이다. 우리는 별 대수롭지도 않은 것에 마음을 빼앗겨 더 중차대한 것을 잃거나 홀대하거나 거부하는 잘못을 곧잘 반복한다. 단순히 꽃의 아름다움을 넘어 이를 가능케 한 당위성, 생명력의 실체와 만나야 한다. 이로써 아름다움이란 눈에 보이는 순간적인 것만이 아님을 비로소 인식케 된다. 결국 존재하는 것만으로 황홀함을 획득할 수 있다.

스스로 귀한 존재임을 깨닫는 자존은 교만이 아니며, 까닭없는 병적인 비하는 겸손이 아니다. 화사함은 소유나 꾸밈이 아닌 도야陶冶와 통하는 가꿈과 존재 자체에 의해 드러나는 것이다. 초목들이 다투어 푸르름을 토하고, 미풍에 살랑이며 떨고 있는 초록 이파리들의 눈부신 향연이 벌어지는 초여름은 정녕 화사하다. 생기와 윤택함이 그득한 공간과 시간은 우리 모두에게 축복이기도 하다. 일부러 꾸며서가 아니라 안에 깃든 참된 것들이 꽃향기처럼 자연스레 드러날 때 우리는 화사하게 바뀌며 아름다움의 주인공이 된다. 더 이상 눈만 어지럽고 천해 보이는 부정적인 의미의 화려하고 사치함이 아닌 해맑고 고귀한 참된 화사한 아름다움으로 귀결된다.

자연스러움

경복궁

되도록 인공적인 기교를 피하고 천연 그대로를 드러내 보이는 것, 본래의 모습에 손을 덜 대어 손상하지 않으려는 것, 무엇보다도 꾸미려 애쓰지 않고 본바탕을 드러내는 것, 이를 한 마디로 말하면 '조작 없는 자연성(spontaneity)' 이다. 이는 독일의 제켈(Dietrich Seckel) 교수가 언급한 것으로, 우리 미술의 한국적인 것을 열거하면서 김원용(金元龍, 1922-1993) 교수가 이 사실을 동의하는 입장에서 소개한 말이다. 김 교수는 나아가 제작태도의 자연성 및 자연적인 것에의 기호도 포함된다고 부연해 설명하고, 이를 구체적으로 인공에 대한 회피는 물론이고, 변형이나 편화(便化, convention)도 될 수 있는 대로 피한다고 밝히고 있다.

　　이를 최순우 선생은 순리順理란 말로 표현했다. 순조로운 이치, 즉 어떤 면에서는 적극적으로 무엇을 이룩하겠다는 의지의 결핍이 포함되기도 하지만, 억지로 무엇을 이루겠다든가 생떼를 부리지 않는,

경복궁 景福宮
조선시대, 서울 종로구 세종로 소재, 사적 제117호.

시끄럽지 않고 조용하고 부드럽고 겸손함을 이른다. 결국 이는 자연과의 조화에 바탕을 두고 있음을 의미한다.

자연과의 조화를 깨지 않으려는 마음씨는 집을 짓는 데서 각종 가구에 이르기까지 마음 씀씀이의 조심스러움에서 읽을 수 있다. 개인 저택의 대들보뿐 아니라 단청이 칠해진 관청 건물에도 일견 눈에 거슬리기도 하는 휜 대들보를 크게 마음을 두지 않고 별뜻 없이 그대로 사용한다든지, 언덕에 집을 지을 때 비스듬한 지형을 깎아내려 평평하게 고른 뒤 주추를 세우기보다는 기둥의 높이를 달리하며 현상태를 그대로 두는 것, 경주 황룡사 9층 목탑 같은 고층 건물을 남산 정상에 세우지 않고 낮은 지형에 건립하여 등고선과 조화를 이룬 것, 사랑방에 놓이는 사방탁자나 문갑 등 목가구에 최소한의 손질로 나무 자체의 질을 살린 것 등이 그 예다.

일본인들이 '비원秘苑'이라 부르던 창덕궁 안에 있는 궁원宮苑인 금원禁苑, 그들이 즐겨 찾고 그들 눈에 그렇게도 신비스럽게 보여 감탄사를 연발하는 까닭은 어디에 있을까? 그것은 그들과 달리 인위적인 것을 철저히 배제한 자연스러움에 있을 것이다.

오늘날 서울은 미학의 입장에서는 도저히 손대기 힘든 구제불능의 도시라고 한다. 우리는 곧잘 6백 년 고도古都임을 자랑하지만 고궁마저 없더라면 어디서 고도의 향취를 찾을 것인가. 일제 강점기에 70퍼센트나 파괴된 경복궁이 수 년 전 복원공사를 시작하여 제모습을 찾아가고 있다. 주변은 많이 바뀌었으나 그래도 고궁에 들어서면 마음이 편해지는 것은 단순히 개인의 복고 취향만은 아닐 것이다.

　　백악白岳을 주산으로 하여 자리잡은 근정전(勤政殿, 경복궁의 가장 중심이 되는 건물) 주변을 거니노라면 산이 나를 향해 다가오는 양, 그 품에 우리가 잠긴 양 아늑함이 온몸으로 느껴진다. 이는 무엇보다도 자연과 조화를 이뤄 건립한 건축물에서 편안함이 느껴지기 때문일 것이다. 혹자는 중국의 자금성이나 유럽의 베르사유 궁전과 비교하면서 너무 초라하다고 할지 모르지만 그들처럼 권위적이거나 위압적이지 않기에 우리는 더욱 고마워하며 따뜻한 인간미를 반가워하는지도 모른다. 그것은 우리만의 특징이니 장단점과는 별개의 차원이다.

천진

〈청자상감동자문잔〉

우리 인류가 추구해 온 아름다움 중에 꾸밈없이 자연 그대로를 솔직하게 드러내 보이려는 의지의 산물인 '천진天眞'을 빼놓을 수 없다. 예술의 탄생을 자연의 모방으로 보는 주장도 넓은 의미로는 이를 대변하는 셈이다. 정복의 대상으로서 자연을 보는 것과 달리, 인간 자체도 자연의 일부로 생각한 동양의 오랜 전통은 이 면에서 서양보다 더욱 적극적이라 하겠다.

이를테면 서양의 풍경화에 비해 수백 년 앞서 발전한 산수화는 이를 극명하게 드러낸다. 아울러 산수화의 몰락이나 풍경화로 개념이 바뀐 것은 바로 자연에 대한 동양인의 견해, 즉 자연관이 변화되었음을 의미한다. 물론 똑같이 그리거나 만드는 구상만이 자연적이란 식의 정리도 옳은 것은 아니다. 그것은 마치 추상이 구상보다 우월하다거나 현대적이라거나 진보한 것으로 이해하는 것과 마찬가지로 타당성이 희박하다.

〈청자상감동자문잔靑磁象嵌童子文盞**〉**
고려시대(12세기), 높이 4.7cm, 입지름 8.0cm, 호림박물관 소장.

순수함의 표출이란 점에서 천진의 추구는 큰 의미를 지닌다. 순수함은 그 생명이 사뭇 긴, 참으로 차원 높은 아름다움으로 모두가 동경하고 우러른다. 순수함은 유치함이나 미숙과는 구별되는 멋이다. 어린이들이 보여주는 여러 가지 행동거지는 때로 어린이답다는 이유 때문에 타당성을 지니지만 그 모든 것을 아름답게 볼 수는 없다. 특히 '하룻강아지 범 무서운 줄 모른다' 는 따위의 철없음이 상찬될 수는 없을 것이다. 여하튼 우리 민족도 어린이를 대상으로 한 미술품을 적지 않게 남기고 있다.

그러나 남아 선호 사상에서 다남多男을 기원하는 백동자白童子 병풍 등은 단순히 천진성을 추구한 데에서 유래한 그림은 아니다. 또한 은사隱士 주변에 등장하는 동자童子도 어린이의 천진성을 나타내기 위한 소재는 아닐 것이다.

여기에 소개하는 조그마한 청자잔은 주로 찻잔이나 술잔으로 사용되었을 것이다. 손에 연꽃이나 버드나무 가지를 들고 노니는 세 동자가 보이는데 천진스런 모습이 매우 잘 드러나 있다. 고려청자 문양 중에는 포도덩굴에 매달린 동자나, 연못에서 노니는 동자 그리고 이와 같이 연꽃 등을 지니고 있는 앙증맞은 모습들이 빈번하게 등장한다. 물론 이들이 취한 모습들은 중국의 영향으로 보이나 천진성의 측면에서 진일보한 면도 없지 않다. 바로 어린이들의 순수성에 대한 외경이 선명하게 드러난 명품이라 하겠다.

티없이 그리고 지칠 줄 모르게 뛰노는 어린이들, 하늘이 부여한

곱고 순후한 마음씨, 우리가 이들을 주목하는 것은 우리들의 지난 유년시절을 담고 있기 때문이기도 하겠으나, 어린이들만이 가능한 절대 신뢰, 무한한 가능성인 희망과 꿈 그리고 단순성 때문일 것이다.

천진의 사전적 정의는 '세파에 젖지 않은 자연 그대로의 참됨'이나 불교에서 '불생불멸의 참된 마음' 등을 지칭한다. 또 이러한 마음이 말과 행동에 진솔하게 나타난 상태를 의미하기도 한다. 즉 마음가짐 및 행동거지 모두 흠이 없고 꾸밈이 없으며 순진함 그 자체를 나타낸 것이다.

양洋의 동서를 가릴 것 없이, 예와 지금이라는 시차에도 아랑곳하지 않고, 종교와 상상의 벽을 뛰어넘어 천진에 대해선 하나같이 망설임 없이 최고의 가치를 부여한다. 천진한 상태에서 비로소 가능한, 그렇기에 지고의 아름다움이 아닐 수 없다. 이를 드러낸 우리 전통미술의 예는 적지 아니하다.

예서 소개한 〈청자상감동자문잔〉도 선조들의 티없이 해맑은 마음이 빚은 결정체라 하겠다.

소박

삼 층 책 장

아름다움은 꾸밈이나 치장에 의해서만 드러나는 것은 아니다. 치장 자체보다는 치장된 대상과 치장의 조화에서 얻어지는 것이다. 즉 장식이나 꾸밈은 조연 역할을 할 뿐이다. 그런데 적지 아니한 사람들이 이 점을 간과한다. 무엇보다도 내면 또는 바탕에 대한 바른 성찰이 요구된다.

시끄러움 속에서 조용함을 원하듯 또는 도시에서 전원생활을 꿈꾸듯 그저 상반된 상황에 대한 동경에서 추구되는 것과는 구별되는 것으로, 우리들이 보편적으로 아름답게 인정하는 것 중에 소박素朴이 있다. 소박은 '꾸밈이나 거짓이 없는 수수한 그대로임'이다. 스스로 가꾸기에 게을리한다는 의미가 아니라 본연의 아름다움, 자연이 부여한 본연 그대로의 모습을 견지함을 의미한다.

우리 민족이 추구한 미의식이나 미감 속에 소박은 상당히 큰

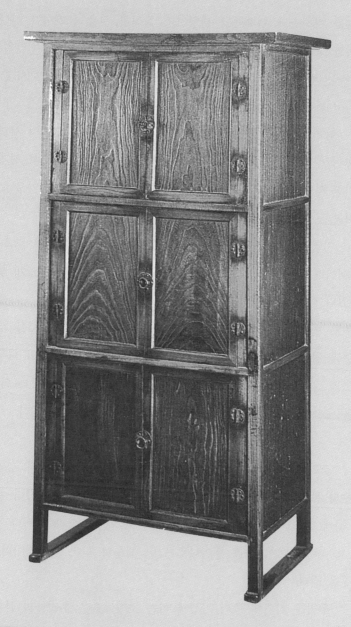

삼층 책장
조선시대(19세기), 높이 143cm, 국립중앙박물관 소장.

범위를 차지한다. 다채롭고 다양하며 화려한 것을 몰라서가 아니라 그러한 것들이 생명이 짧고 지속적인 미감이 되기 어렵다는 것을 인식한 양 피한 것은 아닐까. 도자기의 변천을 살필 때도 선사시대 토기에서 조선조 백자에 이르는 긴 흐름이 이를 보여준다.

특히 검소함과 소박함을 추구한 유교의 정신미는 선비 사회에 깊숙이 뿌리내렸다. 차분히 정리된 공간, 단순하고 조촐하며 격조를 견지한 사랑방은 이 소박미를 잘 대변한다. 사랑방에 놓인 가구 하나하나는 모두 이에 바탕을 두고 있다.

자연에 되도록 인공의 흔적을 줄인 것은 휜 대들보나 칼을 덜 댄 서까래 같은 전통 목조건물인 한옥을 살펴보면 어렵지 않게 엿볼 수 있다. 이들에 비하면 예서 소개하는 삼층 책장은 꽤나 다듬어졌고, 너무도 반듯하여 인위성이 많이 느껴질지도 모른다. 쓰임새를 위해 기둥과 천판 등에는 종류를 달리한 목재를 택했고, 무엇보다 나무의 색조를 그대로 살렸으며, 불에 그을려 끌로 긁어냈으나 목리木理의 문양을 고스란히 드러낸 점에선 자연의 멋을 한껏 강조하고 있다.

소박은 서툼이나 미숙, 촌스러움과는 구별되는 것이다. 그것은 순수와 통하며 가식이나 거짓이 아니기에 그 생명이 사뭇 길다. 우선은 눈에 잘 뜨이지 않으며 아름다움조차 가려지기 쉽다. 그러나 깊은 산 속 바위틈에서 졸졸 흘러나오는 단 샘물과 같아 감동적이며, 그 여운은 길다.

우리를 자연에 좀더 가깝게 하는 조형예술은 우리들의 본질과 내면에 생각을 모으게 하는 것이기도 하다. 나무의 숨소리를 듣는 양 만든 이 책장은 참된 삶과 삶의 본질에 대한 것들을 기록한 책을 그 안에 담고 있었으리라. 오늘날 우리는 이러한 책장과 책을 모두 상실한 것은 아닌지….

겨를

〈청동은입사포류수금문정병〉

빈 공간, 즉 여백이 많은 그림에서 우리는 한가로움을 만나게 된다. 한가로움은 복잡하고 분주한 삶을 영위하는 현대인들에게 매우 매력적인 단어다. 한편 늘 빈둥거리는 이들에겐 한가閑暇의 멋이 제대로 이해될 리 없다. 한 가지 일을 잘 마무리한 뒤 새로운 일에 손대려는 짧은 겨를이라야 비로소 한가의 아름다움이 빛나기 때문이다. 한가는 매사에 성실하며 열심히 최선을 다한 이들이 순간적으로 맛보는 기쁨이기도 하다.

여백은 단순히 빈 부분을 지칭하는 것만은 아니다. 그것은 존재의 배경일 뿐 아니라 존재가 머물거나 깃들 수 있는 공간이기에 좀더 적극적인 의미를 지닌다. 동양의 옛 그림은 화면을 구성할 때 여백을 두는 점에서 서양화와 다르다. 화면은 여백 덕분에 깊이와 거리감이 느껴지며 등장한 존재 또한 분명한 윤곽선을 갖게 된다. 빈 부분의 중요성은 평면보다는 실제 사용하는 용기에서 명료해진다. 외형이나

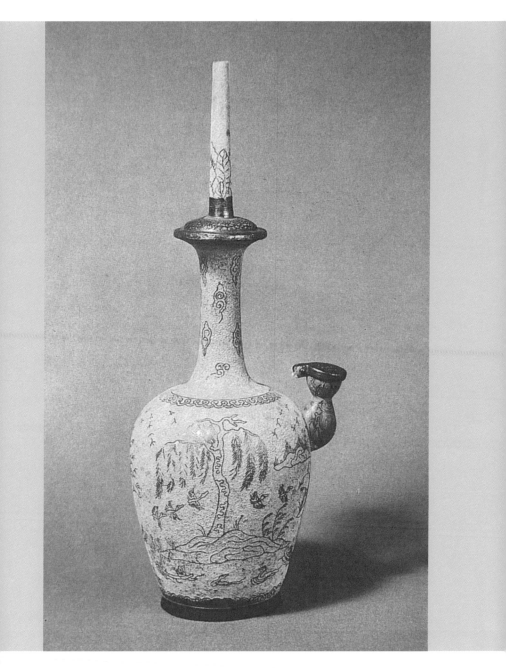

〈청동은입사포류수금문정병靑銅銀入絲蒲柳水禽文淨瓶〉
고려시대(12세기), 높이 37.5cm, 국립중앙박물관 소장.

부분에 시선을 고정하다 보면 쓰임새나 효용성 같은 존재 의의가 바로 비어 있는 부분에 있음을 지나쳐버리게 된다.

여백과 통하는 의미로 시간에 국한해서 사용하는 용어가 '겨를'이다. 겨를은 '한가로운 때', '일을 하다 쉬게 되는 틈'을 뜻한다. 이와 달리 시간과 공간 모두에 통용되는 것으로는 '틈'이 있다. 틈의 사전적 정의는 '벌어져 사이가 난 자리'다. 아울러 '짬'이나 '겨를'과 마찬가지로 시간을 가리키기도 한다. 또한 '빈틈없는 사람' 등에 사용될 때는 책임감과 성실성이 함께 어우러진 완벽에 가까운 사람을 지칭한다. 틈은 서로 멀어진 거리이기도 하지만 이 틈 덕분에 남에게 내어줄 수 있고, 타인을 받아들일 수 있는 자리가 마련된다.

우리 공예에는 목칠, 도자, 금속 등 모든 분야에 있어 표면을 파 틈을 내고 다른 것을 넣어 무늬를 내는 수법을 자주 이용하였다. 오늘날 장농에 자개를 박은 것도 같은 계열이다. 초벌구이하기 전 도자기 표면을 판 뒤 백토白土 등 색깔이 다른 흙을 넣어 메우는 기법이 상감이며, 동銅과 같은 금속을 원하는 문양대로 긁어내고 그 틈에 길게 선으로 뽑은 금이나 은을 넣는 것도 있으니 이를 입사入絲라 하기도 한다. 때로 도자기에서는 선만이 아닌 면으로 넓은 범위를 메우기도 하였다.

정병淨甁은 인도에서 일찍이 수행자들이 물병으로 사용한 용기다. 점차 불교의식에 사용되는 의기儀器가 되어, 부처 앞에 맑은 물을

올리는 용도로 쓰였다. 불상에서는 주로 관세음보살이 지니는 용기로, 고려시대 불화佛畵 중 〈수월관음도水月觀音圖〉에서는 보살 곁에 버드나무 등을 꽂은 형태로도 등장한다. 고려시대 유물 가운데 청자나 청동으로 만든 정병 명품들이 여럿 전래한다. 청자의 푸른색뿐 아니라, 청동으로 제작된 경우도 세월의 흐름에 푸른 녹이 표면에 퍼져 운치를 더한다.

정병에만 해당하는 것은 아니나 이들 고려시대 공예품에 빈번히 등장되는 회화적인 무늬로 포류수금문蒲柳水禽文이 있다. 다른 나라와 구별되는, 고려인들이 즐겨 사용한 무늬다. 버드나무와 갈대 등이 등장하는 수경水景으로 물새가 한가롭게 노닐고, 때로 뱃놀이하는 인물들도 보인다. 매우 평화롭고 한가로운 정경이다. 어질고 착한 마음씨의 소유자인 우리 민족만이 그릴 수 있는 이상향을 그대로 드러낸 것으로 보아도 크게 어긋나지 않는다. 소란스럽거나 요란하지 아니한 삶의 현장, 그렇다고 모든 것이 정지된 적막이 아닌 생기와 낙천성이 어우러진 한가롭고 쾌적한 공간이다.

한가로움은 단순히 일을 피하거나 벗어난 상황에서 얻어지지 않는다. 그것은 이루어낸 일에 대한 성취감을 조건으로 하며, 쓸데없는 헛된 관심에서 벗어난 참된 해방과 자유로움 속에서만 가능하다. 크게 외치거나 서둘지 않으면서도 모든 것을 이루어내는 대자연의 쉼 없는 운행처럼, 묵묵히 그러나 열심히 삶의 순간을 영위한 이들만이 참된 한가로움을 맛볼 수 있으리라. 뿌린 씨가 싹이 트기까지 정지된 듯한 순간마저 한가로움으로 받아들일 수 있을 때, 우리는 여유의 의미를 어느 정도 이해하게 된다.

한가로움을 통해 얻는 아름다움은 조형미술에 있어 어엿한 한 주제로 생명력이 사뭇 길다. 그것은 예술이 추구한 인류의 보편적인 미감에 바탕을 두고 있기 때문이다. 정도의 차이는 있겠으나 이 점은 민족이나 지역 그리고 예와 오늘이 다를 리 없다.

담백

〈난초와 대나무〉

동양의 한자문화권에서 추구한 미의 영역 중에는 서양과 구별되는 여러 특성을 열거할 수 있는데 담백淡白도 그 가운데 하나다. 우리 민족이 이룩한 문화유산은 연원을 소급할 때 중국에서 연유한 것이 적지 않으며 친연성 또한 매우 크다. 그러나 그럼에도 사뭇 다르다. 단순한 모방이나 답습이 아닌 우리 나름대로 어엿한 세계를 창출하고 있음을 간과해서는 안 된다. 이는 미의식과 미감의 차이가 빚은 당연한 귀결이다. 아울러 그것은 독자성과 개성의 여부이기에 중요한 문제이기도 하다.

담백은 담박淡泊으로도 쓰는데 '욕심이 없고 마음이 깨끗함' 또는 '맛이나 빛이 산뜻함'을 의미한다. 우리 조형예술의 특징을 서술할 때 자주 언급하는 용어로 중국이나 일본보다 우리 나라에서 더욱 두드러지는 면이다. 도자기에 있어서 선사시대 토기부터 조선백자까지 그 변천을 살필 때나 하나하나의 기형器形에서 이 점을 읽을 수 있다. 일상 생활에서 체화된 미감이기도 하다.

그림에서도 예외 없이 드러나는바, 원색의 강렬한 색조보다 수묵에 옅은 중간 색조를 선호한 수묵담채가 감상화의 주류를 이루는 것만 봐도 분명히 알 수 있다. 다른 나라와 비교할 때 상대적인 개념일 수도 있지만 좀더 밝고 맑은 화면 처리에서 더욱 돋보인다. 그렇다고 채색의 사용이 서툴다는 것은 아니다. 단청이나 장식 병풍 등에는 짙은 채색을 잘 원용한 그림들도 없지 않다. 다만 차분한 색조를 즐겨 사용한다는 의미다.

담백은 현란이나 화려함 그리고 기름진 것과는 거리가 멀다. 요란하거나 경망스럽거나 천박하지 않다. 사람에 비유하면 별로 말 없이 잠자코 있어 답답함마저 느낄 정도로 눈에 뜨이지도 않으며 싱거워 보이지만 마음이 고요하여 늘 평온하며 차분한 느낌을 주는 부류라고나 할까. 맑은 샘물이 주는 느낌과 같아 특유의 향기나 맛은 없어도 순수함 자체가 주는 그윽함은 여운이 사뭇 오래 가고 또한 늘 싱그럽다. 스스로를 드러내지 않은 조촐함과 단정함도 그 안에 깃들어 있다.

담백은 장식이나 꾸밈 같은 표피적인 아름다움과는 거리가 멀다. 속에서 드러나는 것으로 내면의 충실함이 외부로 표출되는 것이다. 과욕이나 의기소침이 아닌 넘치지도 모자라지도 않은 적절한 상태의 정돈된 모습과 통한다 하겠다.

조선 중기 화가 이징(李澄, 1581-1674 이후)의 손끝에서 태어난

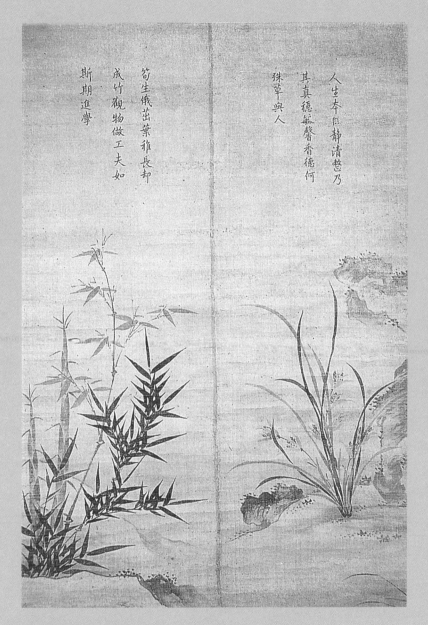

人生本自静清整乃

其真德毓馨香德何

殊草與人

笋生俄茁葉雅長却

成竹觀物做工夫如

斯期進學

〈난초와 대나무〉(병풍 부분)
이징, 비단에 수묵, 각 116.0×41.8cm, 개인 소장.

대나무와 난초를 대할 때 우리는 어렵지 않게 담백을 만나게 된다. 발이 고운 비단에 먹물만으로 그린 두 식물은 시원스런 여백을 배경으로 등장한다. 일면 헐렁해 보이기도 하지만 매우 깔끔하고 정돈된 분위기를 엿볼 수 있다. 과장이나 화려함을 배제한 차분한 묘사는 이들 식물이 지닌 곧고 유현함으로 상징되는 해맑은 정신 세계를 느끼게 한다.

담백함 속에서 마음과 정신, 영혼이 모두 투명해짐을 느낄 수 있다. 담백은 군자나 참된 선비의 마음가짐 자체이기도 하다.

추상

〈분청사기조화선조문편병〉

구상具象과 반대로, 형태 그 자체를 알아볼 수 없게끔 아리송하게 나타낸 미술을 흔히 추상抽象미술이라 이른다. 오늘날에도 사실적이며 구체적으로 대상을 묘사하는 화가들이 없는 것은 아니나, 현대미술 하면 추상이 주류인 양 여기는 것이 일반적이기도 하다. 또한 추상미술의 아름다움을 떠나서 이해하기가 쉽지 않다는 면에서는 거리감을 느끼는 것이 대부분 사람들의 느낌이기도 하다.

　일반적으로 기술이 아닌 예술로 명명할 수 있는 대상은 무엇보다 익살을 기본 요소 가운데 하나로 꼽는다. 바로 이 익살을 가져오는 여러 요인 중 형태에 대한 과장이나 생략의 정도를 넘어 전혀 알아보기 힘든 양상이지만 호기심이나 신비감마저 불러일으키는 것으로 추상을 간과할 수 없다. 다만 추상미술만이 현대적이며 진일보한 것으로 보는 견해는 합리적이지 않다. 동서양 가릴 것 없이 미술 흐름에 있어 구상과 추상은 반복되어 나타나곤 하기 때문이다.

우리 전통미술에서도 이른바 추상계열로 부를 수 있는 것을 적지 않게 찾아볼 수 있다. 즉 우리 미술에서도 추상의 아름다움을 선뜻 확인케 된다는 것이다. 예를 들면 선사시대에 속한 신석기시대를 대표하는 빗살무늬토기는 표면에 점이나 선으로 된 매우 단순한 기하학 무늬를 담고 있다. 때로는 생선 뼈나 번개와 같은 무늬를 보이기도 하지만 이들도 넓은 의미에서 보면 추상계열의 표현에 드는 것이다. 이와 같은 무늬들은 금속을 사용하게 된 후에도 각종 의기儀器에 반복해서 나타난다. 유심히 살필 때 빗살무늬는 각 기형마다 다양하며, 소박한 가운데 변화를 보여 그 나름대로 아름다움을 표현하려는 의지를 읽을 수 있다.

사진의 〈분청사기조화선조문편병粉靑沙器彫花線條文扁瓶〉은 일찍이 최순우 선생께서 '분청사기추상문편병'이라고 명명하신 바 있는 명품으로 조선 도자기의 추상적인 아름다움을 잘 드러낸 일례이기도 하다. 높이는 20센티미터 정도로 몸통 양쪽을 두들겨 폭이 좁고 납작해진 이른바 편병扁瓶이다. 분청사기에는 그 표면을 장식하는 여러 가지 기법들이 있다. 소박한 외형과 더불어 매우 활달하고 분방한 멋을 이들 무늬에서도 찾아볼 수 있다. 표면에 백토를 바르고 이를 긁어내어 꽃 무늬를 새긴 기법을 '조화彫花'라 부른다. 또한 철분이 많이 들어가 있는 안료로 그림을 그린 '철화鐵畵'에서도 단순화와 과장을 통한 식물 무늬〔草文〕나 물고기 무늬〔魚文〕 등에서 추상의 멋을 어렵지 않게 엿보게 된다.

〈분청사기조화선조문편병 粉靑沙器彫花線文扁瓶〉
조선시대(15세기 후반), 높이 20.5cm, 호암미술관 소장.

도자기를 빚은 도공이 별 생각 없이 아무렇게나 그어 나간 듯한 '선조문線條文'은 일견 무늬로 보이지도 않고 눈에도 잘 들어오지 않는다. 무심코 지나치기 쉬운 형상이라 하겠다. 사람에 따라서는 오히려 눈에 거슬리기도 한다. 그러나 여러 번 반복해서 살펴 눈에 익으면 새로운 것이 감지된다. 일종의 놀람까지도 경험케 되며, 소박함에서 점차 대단함과 통하는 이채로움을 맛보게 된다. 어린아이들의 장난기 어린 희화戱畵처럼 보이기도 하지만, 나아가 매우 경쾌한 선묘線描에서 무엇에도 얽매이지 아니한 자유분방함이 엿보인다. 바로 자유로운 삶의 자세다.

추상은 구체적이지 않기에 그만큼 상상의 폭이 넓고, 보는 이의 마음가짐에 따라 천차만별한 느낌을 불러일으킨다. 분청사기가 다른 분야보다 현대 감각을 느끼게 하는 이유도 바로 이에 있을 것이다. 평범함과 우리의 무관심으로 가려진 전통미술 속에서 요란스럽거나 요원한 것과는 구별되는, 따뜻하고 아름다운 추상을 만나게 된다.

공상과는 달리, 우리 사고의 폭을 마냥 확장해 주는 꿈의 요소로서 추상은 큰 의미를 지닌다.

어엿함

정선의 〈금강전도〉

이 그림 앞에 서면 어떤 신비스러운 힘이 나를 감싸 씩씩해지고 강해지는 듯한 힘을 느끼게 된다. 푸른색[靑色]이 주는, 생성과 발생의 양陽의 기운이 주는 왕성한 기氣 탓인지…. 방향으로는 농쪽이며 오행五行으로는 나무[木]에 해당하니 동방에 위치한 우리 민족의 무한한 성장 가능성을 보여주기 때문이리라.

버젓하고 정대正大하며 형세나 위세가 대단한 것을 당당하다고 하며, 여기에 떳떳함이 더할 때 어엿하다고 한다. 조선왕조에서 다방면에 걸쳐 어엿함을 드러낸 때가 초기의 성군聖君 세종(世宗, 1418-1450), 후기의 영조(英祖, 1724-1776), 정조(正祖, 1776-1800) 치세 시기임은 다 아는 사실이다. 정치, 경제, 사회, 문화가 모두 빛나던 시기로, 다방면에 걸쳐 민족의 고유색이 두드러졌다. 임금 또한 예술적 소양이 뛰어났고, 기라성 같은 화가들이 많이 출현했다.

역사상 숱한 왕조가 교체되곤 했는데, 동서양 가릴 것 없이 그

주기는 대체로 3백 년을 넘기지 못한다. 그럼에도 불구하고 우리 나라의 경우 조선은 5백 년을 넘겼고 고려 또한 5백 년 가까운 기간 동안 왕조를 지켰다. 우리 나라는 지정학적으로 중국의 강한 영향을 받았고, 기실 중국 왕조 교체의 여파가 우리 나라에도 끼친 듯 흥망성쇠의 주기가 엇비슷한 감도 없지 않다. 또 우리 문화가 같은 한자문화권인 중국과 유사한 부분들도 부인하기 힘드나 세밀히 살피면 공통점보다는 차이와 구별이 더욱 두드러진다.

그림에서도 마찬가지다. 동양화라고도 불리던 우리 옛 그림은 일견 중국 그림의 한 아류나 모방으로 생각되기 쉽다. 그러나 음식이 다르듯 그림에서도 구성, 구도, 화풍, 필치 모두 분명한 차이를 보기만 해도 알 수 있다. 화면에 등장하는 인물의 복색이 우리 것이 아니어서 중국 그림의 단순한 복제로 보일 소지도 없지 않으나, 앞에서 언급한 여러 측면에서 분명히 구별되며 차이점이 완연하다.

조선 후기는 여러 방면에 걸쳐 우리 고유의 특징이 두드러진 시기다. 이민족의 침입으로 철저히 파괴되면서 통렬한 자기 반성과, 이를 극복하기 위한 부단한 노력이 자못 활발히 드러난 시기다. 그 결과 마치 조선 초 세종대의 번영과 필적하는 부흥이 영·정조 때 이루어졌다. 정치, 경제, 사회, 문화 모든 분야에서 화사함을 보였으니, 그림에서도 관념산수에서 벗어나 우리 산천을 화폭에 담은 실경산수, 숨결과 체취가 느껴지는 주변의 인물을 그린 풍속화, 극사실주의 동물 그림도 크게 성행했다.

바로 이 시기에 우리 산천을 화폭에 옮겨 전무후무한 경지를 개

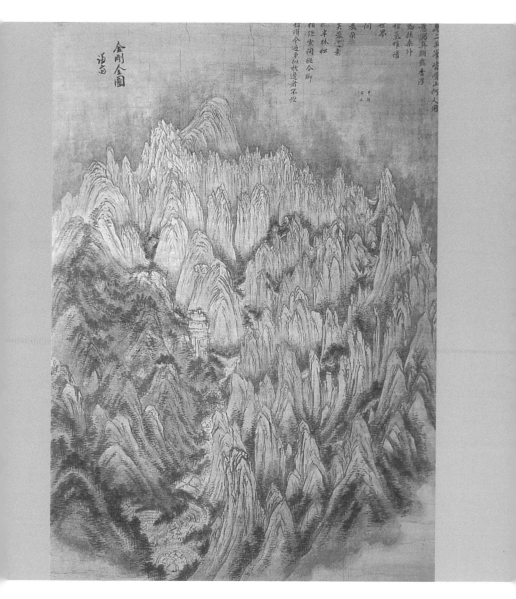

〈금강전도 金剛全圖〉
정선, 종이에 담채, 130.6×94.0cm, 호암미술관 소장.

척한 거장이 바로 선비화가 정선(鄭敾, 1676-1759)이다. 그는 우리 나라의 '화성畵聖'으로 일컬어진다. 여든이 넘도록 붓을 놓지 아니한 정선은 예순 가까이에 자기 세계를 이룩하여 대화가의 면모를 뚜렷이 보여주었다.

앞쪽의 〈금강전도金剛全圖〉는 화가의 나이 쉰아홉이던 1734년에 그린 것으로 그의 대표작에 선뜻 손꼽히는 명품이다. 더구나 국보 제217호로 지정되어 성가를 더한다. 금강산 일만이천 봉을 마치 비행기에서 내려다보는 듯한 부감법으로 전개하고 있다. 전경에 토산土山을, 그 뒤에 골산骨山을 힘찬 필선으로 거침없이 구사하여 완숙기에 접어든 노련한 솜씨를 보여준다. 어엿한 시기에 어엿한 화가가 어엿한 그림을 창출한 일은 지극히 당연한 귀결이라 하겠다.

이와 같이 우리 나라 산천을 화폭에 담고, 또한 필치나 기법에 있어도 종전에 찾기 힘든 독특한 화풍을 이룩하고 있어 조선 그림의 어엿함을 유감 없이 보여준다. 조선 회화에 있어 실경산수實景山水는 비할 데 없이 값진 것이며, 이를 이룩한 정선은 보배로운 화가임에 재론의 여지가 없다. 무엇보다도 자신의 정체성正體性에 대한 바른 인식을 바탕으로 우리 산천에 대한 애정과 긍지를 지니고, 나아가 어엿한 천재성을 바탕으로 해야 비로소 가능한 그림 세계다.

정선이 남긴 금강산 그림은 모두 크기 여하를 불문하고 하나같이 어엿함을 확인케 되는데, 이는 무엇보다도 그가 이룩한 고유색 짙은 독자성에 기인하는 것이다. 그렇다고 지역적인 토속미土俗美에 머문 것은 아니며 격조와 기량 모두 뛰어났기에 그리 될 수 있었다.

길고 오램

〈수월관음도〉

영원永遠을 지향하여 온몸(渾身)을 송두리째 녹이고 태워 빚은 미의 결정체는 영원의 세계에 이미 들어가 영원 그 자체가 되고 말았던가. 그런 까닭에 영원은 종교만이 아닌 아름다움을 추구하는 예술에서도 구원이라는 그 지향처가 동일하다.

아름다움을 추구하는 것은 원래 예술의 몫이다. 그러나 아름다움은 예술의 영역에 국한된 것만은 아니며 신앙과도 불가분하다. 인류 역사상 이른바 종교미술이 펼친 문화사적 흐름에서도 이 점은 분명하다. 아름다움은 생명과 통하여 바로 구원으로 직결된다. 우리가 자연에 젖어들어 맛보는 아름다움의 인식과 더불어, 우리 인간들도 정도의 차이는 있으나 아름다움을 창조할 능력을 부여받고 태어났으니 예술가들이 바로 그들이다. 이들이 창조한 미를 통해 우리는 기쁨과 삶의 황홀경을 체험하게 된다. 구원의 문제를 정면으로 다룬 종교미술에서는 더욱 그러하다. 우리 문화에서 불교가 점한 위치를 헤아려보면 이 점을 더욱 실감케 된다.

　신앙이 추구하는 아름다움은 찰나가 아닌 영원이다. 비록 신앙이 다르다 할지라도 추구한 목표와 진리의 공통점에서 문화 배경의 차이를 극복하고 아름다움의 향연에 동참할 수 있다. 그것은 아름다움 속에 깃든 진리 본체와 만남으로써 가능한 것이리라. 바로 이 본질을 표출한 예술은 감동으로 이어지며 또한 긴 생명력을 지닌다. 아름다움과 구원은 이에 뗄 수 없는 관계가 되는 것이다. 그것은 망상이나 사치, 환상 등의 영역이 아닌 깨달음의 문제이며, 경탄이나 찬미를 통해 존재에 대한 감사로 이어진다. 우리가 몸담고 있는 공간과 시간에 아름다움이 그득하다면, 더 이상 무엇을 바랄 것인가.

　우리 민족이 이룩한 위대한 예술로서 20세기 후반 비로소 그 아름다움의 진수를 드러낸 것이 고려불화高麗佛畵다. 관료적 귀족국가인 고려왕조에 있어 상층 사회의 우아하고 세련된 미의식은 청자를 통해 익히 잘 알려져 있다. 같은 조형감각을 동시대에 제작한 불화들을 통해서도 확인할 수 있다. 그것은 온 인류가 경탄할 수밖에 없는 빛나는 문화유산이다.

　고려불화의 뛰어남은 간간이 문헌에 언급되었으나 실상이 드러난 계기는 1978년 가을 일본 나라[奈良]에 있는 야마토문화관大和文化館에서 일본 각처에 비장되었던 고려불화 70점을 공개한 특별전에서 비롯되었다. 그로부터 무려 15년이 흐른 뒤, 두 달에 걸쳐(1993. 12. 11.-1994. 2. 13.) 호암갤러리에서 '고려, 영원한 미'란 제목으로 '고려불화

〈수월관음도 水月觀音圖〉
그린이 모름, 비단에 채색, 119.2×59.8cm, 호암미술관 소장.

특별전'이 개최되었다. 일본에서 열여섯 점, 프랑스에서 두 점이 귀향했으며 일부 조선 초 불화를 포함하여 국내의 소장품까지 모두 예순여덟 점이 한 자리에 모여 그 위용을 드러냈다.

〈수월관음도〉는 『화엄경華嚴經』에서 연원했다. 지혜로운 이를 만나기 위해 무려 쉰네 곳을 돌아 깨달음을 얻은 선재동자가 스물여덟번째로 찾은 곳은 남南인도 바닷가 관음보살이 거처하는 보타락가補陀洛伽 산이었다. 이 정경을 그린 것이 〈수월관음도〉인데, 『삼국유사三國遺事』의 의상대사에 관한 기사에도 비슷한 설화가 나타나 있다. 고려의 〈수월관음도〉는 바위굴 앞에서 반가부좌半跏趺坐하고 있는 관음보살 뒤로 한 쌍의 대나무가 보이는 정형화한 구도를 갖고 있다.

중국에서는 당唐나라 때인 8세기 후반 문장에도 능하고 초상에 뛰어났으며, 특히 귀족적인 풍모의 인물화에 명성이 높던 주방周肪이 〈수월관음도〉를 처음 그린 것으로 알려져 있다. 이 소재의 그림은 10세기 중엽 둔황벽화에서도 찾아볼 수 있으며 송宋에서도 그려졌으나, 우리 나라에서는 14세기 이후 고려의 것들이 몇 점 현존하는 것으로 알려졌다. 중국 등과 비교할 때 섬세한 필치, 화려한 색채, 우아한 분위기가 단연 두드러진다. 속살이 비치는 투명한 사라紗羅, 고려청자에 새겨져 우리 눈에 익숙한 금박의 원무늬, 유려한 자세에 자비로운 표정 등 우리의 독자적인 양식과 특징을 뚜렷하게 보여준다. 예서 소개하는 보물 제926호 외에 몇 년 전에 고려시대의 뛰어난 〈수월관음도〉한 점이 해외에서 돌아온 쾌거도 있었다.

〈수월관음도〉는 얼굴 방향이 조선조 초상화와 같으며, 크기는 세로 길이 1미터 내외가 일반적이다. 예외적으로 얼굴 방향도 다르고 길이 또한 4미터가 넘는 것으로 일본 경신사鏡神寺에서 소장한 대형 〈수월관음도〉가 '대고려 국보전−위대한 문화유산을 찾아서(1)'을 통해 국내에서 공개되기도 했다(1995. 7. 5.-9. 10. 호암갤러리).

그림이 된 무늬 繪畵性

〈백자청화포도문전접시〉

같은 한자문화권으로 분류되지만, 중국이나 일본과 우리는 그 유사성만큼이나 구별되는 점도 많다. 전혀 새삼스러운 것은 아니나, 때때로 이 점에 둔감한 이들도 적지 않다. 문제는 관심 여부에 따라 그 느낌의 정도가 달라진다는 점이다. 이들 각국이 이룩한 전통문화를 체계적이며 구체적으로 비교해 보면 이 점은 좀더 분명해진다.

이들 동양 삼국은 모두 도자왕국陶磁王國으로 불리는데, 도자기는 생활에 직접 쓰이는 생활용기들이 주류를 이루다 보니 다른 조형미술에 비하여 각국의 미의식을 더욱 선명히 드러낸다. 마치 음식이 다르듯, 미감의 차이에서 나타나는 당연한 귀결이기도 하다.

중국이나 일본과 비교할 때 우리는 독자적이라 불러 마땅한 양상을 문화 전반에서 드러낸다. 중국의 영향이 꽤나 줄기찼지만 수동적이지 않고 적극적이고도 능동적으로 이를 받아들여, 전해준 지역이나 국가와는 구별되는 양상을 이루고 있음을 전통미술에서 선뜻 엿

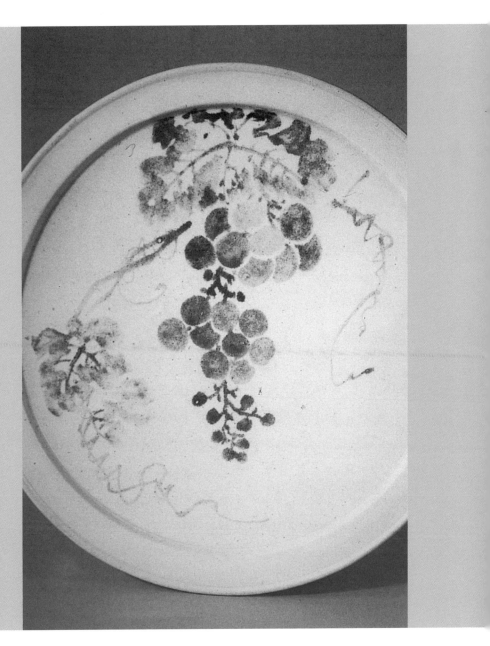

〈백자청화포도문전접시〉
조선시대(16세기), 지름 22cm, 일본 개인 소장.

볼 수 있다. 청자가 그렇고 백자도 마찬가지인데, 단순한 모방의 차원이 아니라 재창조라 불러 마땅한, 확연히 구별되는 새로운 단계로 진입하였다. 이는 문화 수용능력을 뜻하는 것이며, 독자성을 의미하는 것이기도 하다.

청자뿐 아니라 백자에서도 우리 나라 도자기가 중국과 구별되는 점은 기형뿐 아니라 표면을 장식한 무늬에서도 잘 드러난다. 자주 등장하는 무늬 종류로도 구별되지만 무엇보다 복잡하게 치장하여 장식성이 두드러진 저들의 것들과는 달리 한 폭의 그림을 대하는 듯한 여유 있는 구성에서 두드러진다. 특히 백자에서는 흰 바탕을 마치 화면으로 인식한 양 그림으로도 손색없는 명품이 한둘이 아니다.

여기서 소개하는 접시는 16세기경에 만들어진 것으로 접시 바닥에 크게 그려진 포도는 무늬라기보다는 한 폭의 문인화를 대면하는 듯하다. 임진왜란 등으로 남아 있는 그림이 몹시 희귀한 조선 초에 제작된 일급 청화백자들이 무덤에서 출토되곤 하여 당시 회화에 대해 시사하는 바가 크다. 이와 같이 접시에 포도를 그린 것은 당시 선비들 사이에 포도 그림이 크게 유행한 사실을 증거하는 것이기도 하다. 특히 이 접시의 청화는 발색이 푸른색보다는 먹빛에 가깝고 농담濃淡이 보여 흥미를 모으기도 한다.

1996년 12월부터 이듬해 2월까지 호암미술관에서 개최된 '조선전기국보전朝鮮前期國寶展'을 통해 잠시나마 귀국하여 국내에 공개되었다.

묵포도로 명성을 얻은 황집중(黃執中, 1533-1593 이후)이나, 그보다 앞서 신사임당(申師任堂, 1504-1551)이 포도 그림을 즐겨 그린 사실들을 이 접시가 좀더 설득력 있게 확인시켜 준다. 이 접시에 그려진 포도는 선비가 그린 것이 아니다. 그림을 관장하는 국가 기관인 도화서에서 파견한 뛰어난 화가의 솜씨로, 결국 이와 같은 도자기의 탄생은 포도를 즐겨 그린 당시의 분위기를 반영하는 것이다.

늦어도 통일신라 때부터 포도가 재배된 것으로 알려진다. 통일신라 와당을 비롯해, 고려청자에 문양으로 포도가 빈번하게 등장한다. 원元나라 황실에서 고려 왕실에 포도주를 희사한 기록도 여기저기 보인다. 여하튼 문화의 전파 속에 우리에게 온 이국의 산물로, 조선시대에 이르면 직업화가인 화원들보다 아마추어로 그림을 즐긴 선비화가들에 의해 문인화의 한 주제로 발전한다. 조선 말까지 수묵으로 포도를 즐겨 그려 어엿한 한 정형을 이룩하는데, 이는 중국이나 일본과는 구별되는 양상이기도 하다. 더욱이 생활용기인 그릇 표면을 하얀 화면으로 생각한 듯 그 위에 먹이 아닌 청화로 마치 수묵화를 치듯 나타낸 점이 두 나라와 다르다.

한 시대의 미술은 그 시대의 미감과 안목을 드러낸다. 이와 같이 깔끔하고 투명한 접시를 만든 16세기는 시대 자체가 해맑고 건실하여 아름다운 시절이었음이 분명하다 하겠다. 새 왕조의 새로운 의욕과 기개 그리고 그 특성이 어느 정도 가시적으로 드러난 활기 찬 때였으리라.

불화를 제외하고 전래된 그림이 몹시 드문 고려시대 회화사를 청자나 금속공예의 문양을 통해 어느 정도 복원할 수 있으리라 본다. 이는 조선도 같은 양상이어서 필자는 「조선백자朝鮮白磁에 나타난 포도문 葡萄文」이란 논고를 발표하기도 했다(『미술자료美術資料』, 제39호, 1987. 6.).

올곧음
어몽룡의 〈월매도〉

'마음이 고르고 바름'을 지칭하는 올곧음은 오늘날 자주 듣기 어려운 단어가 되었다. 올은 실이나 줄의 가닥을 의미하는데 바로 줄이 반듯한 상태를 이른다. 그리고 이를 지칭하는 식물은 단연 대나무다. "그 사람 성품은 대쪽같이 올곧다"라는 비유가 말하여 주듯이. 그러나 이 올곧음은 '성품이 곧아 융통성이 없는' 고지식함과는 구별해야 한다. 한쪽만이 아닌 네 방향이 모두 반듯한 것을 방정方正이라 하는데 바른 것과 더불어 점잖음이 첨가된다. 대나무 외에 매화에서도 올곧음을 찾아볼 수 있으니 고매古梅 옛 등걸은 휜 것도 없지 않으나 새 가지는 방향이 어느 쪽이든 곧게 뻗는다.

　이른 봄 가장 먼저 꽃망울을 터뜨리는 매화는 한자문화권에서 오랜 세월 꾸준한 사랑을 받아온 식물이다. 이를 읊은 엄청난 양의 시와 그림 및 관련 고사 등을 봐도 이 점은 분명하다. 우리도 예외는 아니어서 시와 그림 모두에서 적지 아니한 명품들을 열거할 수 있다.

특히 그림은 조선 중기에 중국과 구별되는 우리만의 독자적인 정형을 이룩한 점을 지나칠 수 없다.

그림에서 표현 기법이나 양식, 즉 화풍은 개인에 따라 다르고 시대에 따라 변하는 것이긴 하지만, 현대의 매화 그림이 전과 같지 않은 것은 어떤 까닭일까. 매화뿐 아니라 난초, 국화, 대나무 등 사군자 모두 오늘날 그림보다 서예의 범주에서 즐겨 다뤄지나, 옛 그림의 그윽한 멋과 거리를 느끼게 되는 것은 단순히 미감 차이 때문은 아닐 성싶다.

무엇보다도 이들 식물이 지닌 본질적인 아름다움과 교감하지 못한 탓은 아닌지, 좀더 직설적으로 말하면 우리는 이들 식물뿐만 아니라 자연과 너무 멀어졌고 그렇기에 감동의 농도 또한 흐려질 수밖에 없지 않을까. 옛 사람들은 그림 외에도 이들 식물에 대한 진한 애정을 담은 시를 남기고 있어 도타운 정을 여실히 읽을 수 있다.

매화는 그 향이 은은한데 우중雨中에 가까이 다가가면 향이 짙어지며, 그래서 '향기 맡음을 듣는다(聞香)' 식의 표현을 쓰는 것인지. 어둠에서 보면 더욱 빛나는 꽃이다. 더욱이 이 그림이 보여주듯 만월 때 바라보는 매화가 얼마나 눈부시게 아름다운지 경험하지 않고서는 그 아름다움이나 멋에 대한 이해가 빈약할 수밖에 없다.

조선 중기(1550-1700년경) 화단에는 선비화가들이 한 가지 소재에 능해 이름을 남겼다. 대나무에는 이정(李霆, 1554-1626), 포도나무에

〈월매도 月梅圖〉(부분)
어몽룡, 비단에 수묵, 119.2×53.0cm, 국립중앙박물관 소장.

는 황집중, 매화에는 어몽룡(魚夢龍, 1566-?) 등이 대표적이다. 이들은 대나무, 매화, 포도 그림에서 각기 조선 그림의 어엿함과 우리 양식을 이룩한 장본인들이다.

예서 보이는 매화는 옛 등걸에서 곧게 자란 잔 가지가 꽃망울을 달고 있다. 줄기 가운데에는 희게 남긴 비백飛白의 기법을 취하고 있으며 풍파를 견딘 강하고 굳은 기개를 잘 드러내고 있다. 채색을 전혀 사용치 않은 먹물만으로 그렸으되 농도를 달리하여 강하고 부드러움이 자연스럽게 조화를 이루고, 둥근 달과 짝하여 고즈넉한 분위기를 성공적으로 창출한다. 이들 요소는 모두 매화의 올곧음을 잘 나타낸 어몽룡 그림의 특징이기도 하다.

매화를 대하는 우리 정서가 옛 사람을 닮을 때 그리고 선비들의 올곧은 생활 자세를 읽을 때, 우리는 비로소 옛 그림의 멋과 아름다움을 참되게 이해할 수 있을 것이다.

당당함

정선의 〈비 갠 뒤의 인왕산〉

당당함이 매력인 우리 문화유산을 여럿 열거할 수 있다. 80여 미터에 이르렀다는 황룡사 9층 목탑은 당唐의 대안탑大雁塔보다 컸다. 동양에서 가장 큰 철불인 경기도 광주 사창리의 고려시대 철불鐵佛(10세기), 철당간 그리고 부여 무량사나 구례 화엄사 등에 소장된 15미터 남짓한 조선시대 괘불掛佛에 이르기까지 어디에 내놔도 손색이 없이 장대한 문화유산들이다.

사람마다 기호가 다르기에 예술 애호가 중에는 조각을 그림보다 좋아하는 이들도 있고, 도자기 같은 공예를 선호하는 이들도 있다. 어떤 예술품이건 사람들에게 기쁨과 아름다움을 주며, 꼭 소장하지 않더라도 명품들을 바라보는 이들에게 삶의 감칠맛을 주기도 한다. 사물 자체가 주는 감칠맛뿐이랴. 구원과 통하는, 우리를 굳세게 하는 강한 힘을 얻기도 한다. 어엿하고 번듯함으로 대변되는 당당한 예술품 가운데에서도 특정 시대, 특정 지역을 초월하여 만인에게 사랑받는 위대한 예술품을 우리는 걸작이라 칭한다. 이들은 오랫동안 인류와 함께 존재하며, 인류의 위치를 드높인다.

범위를 좁혀보자. 우리 선조들이 남긴 옛 명화 중에서 당당한 예술을 선택하라 하면 우선 화가로는 정선을 꼽으며, 그가 남긴 적지 않은 걸작 중에서도 쉰아홉에 그린 〈금강전도〉나 일흔다섯에 그린 〈비 갠 뒤의 인왕산(仁王霽色)〉을 꼽을 수 있다. 정선, 그는 '조선의 화성畵聖'으로 불리는 대화가로 그가 없는 조선 화단이란 싱겁기 그지 없는 것이라 하여도 지나치지 않다. 또한 언급한 두 작품은 그의 성가를 대변하듯 모두 국보로 지정되었다.

잘 알려진 것처럼 정선은 조선 후기(1700-1850년경) 화단에 이른바 실경산수 또는 진경산수眞景山水로 불리는 어엿한 그림 세계를 이룩했다. 이로써 조선 그림의 어엿함과 독자성이 선뜻 드러나게 된바 그는 몇백 년에 한 번 나올까 말까 한 천재였다. 진경眞景은 실제 경치란 의미에 앞서 신선들이 사는 곳을 지칭한다. 즉 당대를 호흡한 이들은 그들의 현실을 진경인 양 긍정적으로 인식했다는 의미다.

우리 산천에 애정을 가지고 이를 화폭에 옮기다 보니 종래의 화본畵本이나 중국 그림 모방에서 벗어나 우리 산악이나 산천을 묘사하기에 알맞은 양식이나 기법을 얻기 위한 확연한 변화가 이루어지지 않을 수 없었다. 이런 변화는 독창적인 것으로 그만큼 개성이나 특징을 띠게 된다.

정선은 삼천리 방방곡곡을 답사했고 여든이 넘도록 붓을 놓지

〈비 갠 뒤의 인왕산〔仁王霽色〕〉
정선, 종이에 수묵, 79.0×138.0cm, 호암미술관 소장, 국보 제216호.

않았다. 그러한 노력의 결과 이른바 민족 고유 화풍의 기준을 이룩했고 파천황破天荒의 신경지를 창출하였다. 그가 이룩한 화풍은 직업화가인 화원이나 취미로 그림을 즐긴 문인화가 모두에게 큰 영향을 끼쳐 조선 후기 화단을 크게 풍미하였다. 그는 여든세 살까지 천수를 누렸고, 특히 예순 살 즈음 무르녹은 필치를 보였다.

여기서 소개하는 〈비 갠 뒤의 인왕산〉은 국내뿐 아니라 해외 전시를 통해 일본, 미국, 영국, 독일 등에도 선보인 걸작으로 화가가 노필의 완숙미를 잘 드러낸 명품이다. 오늘도 의연한 인왕산이 큼직하게 상단에 등장하며, 화면에서의 무게를 의식했음인지 근경은 막 피어나는 안개로 채우고 있다. 거침없이 분방한 빠른 필치는 속도감을 느낄 수 있고, 세부의 성근 필치는 전체적인 구성에서 탁월한 조화를 보인다. 정선은 조상이 물려준 우리 산하 명승절경들을 즐겨 그렸고 금강산을 비롯해 서울 주변도 자주 화폭에 옮겼다.

어린 시절부터 바라보며 자랐고, 또 자주 올랐던 인왕산 근처는 눈 감고도 그릴 수 있겠으나, 정선이 이 그림을 그린 데는 특별한 이유가 있을 것이다. 오주석은 〈비 갠 뒤의 인왕산〉을 정선이 자신과 시와 그림으로 마음을 주고받았던 가장 가까운 벗 이병연(李炳淵, 1671-1751)의 쾌차를 비는 마음에서 이병연의 타계 전에 서둘러 그린 것으로 밝히고 있다. 1751년의 『승정원일기』에는, 그해 윤5월 19일부터 25일까지 이레 동안 장맛비가 계속되다가 25일 오후에 갠 것으로 나타나 있어, 이 그림은 5월 29일에 이병연이 세상을 떠나기 전에 그린 것이라는 것이다.

비가 막 개어 우울하고 어수선하던 마음도 개운해졌다. 투명해진 공기 사이로 드러난 여름 산의 상큼함을 잘 드러내고 있는데 노필의 완숙미가 십분 발휘되었다. 해맑아진 정신 상태에서 모든 것을 새롭게 바라보면 영원히 젊고 싱그러운 화가의 마음이 그대로 전해진다. 정선이 존재한 우리 역사는 축복이며, 민족의 자랑이 아닐 수 없다.

생동감

무용총 〈수렵도〉

젊음이 아름다운 까닭은 생동감 때문이다. 활발하고 생생한 기운이 늘 넘치고 새로운 변화와 가능성을 향해 나아가는 데 망설임이 없다. 생기가 겉으로 드러나기에 다소의 미숙함이나 들뜬 분위기조차 때때로 미화되곤 한다. 늘 새로움에 도전할 준비가 되어 있고 좌절의 아픔에서도 빨리 회생하는 상태, 이를 우리는 젊다고 하며 그 특성으로서 생동감을 첫째로 꼽는다.

생명의 약동은 살아 있는 존재의 특징이기도 한데, 이는 예술에도 적용될 수 있는 용어다. 예술가는 무생물적인 배경과 요소에서 새로운 생명을 탄생시킨다. 우리는 세기를 대표하는 명품을 통해 이를 확인한다. 이렇게 탄생한 불후의 걸작은 인구人口에 회자되어 긴 생명을, 영원한 젊음을 과시한다. 인류에게 줄기찬 사랑을 받아온 것들은 고전이라고 불린다. 6세기 초 사혁(謝赫, 중국의 인물화가이자 화론가)이 그림을 평가하는 여섯 가지[六法] 중에서 기운생동氣韻生動을 첫째로

〈수렵도 狩獵圖〉(모사도)
고구려시대 (5-6세기), 중국 지안集安 여산如山 남쪽 기슭 무용총舞踊塚 널방 서벽 소재.

둔 것도 같은 맥락에서 이해된다.

생동감은 건강한 아름다움이다. 그림 또한 문화의 일부이기에 시대 상황을 좀더 구체적이고 사실적으로 전해준다. 4세기 이후 크게 발전하는 고구려의 위상을 현존하는 동시대 고분벽화를 통해 엿볼 수 있다. 민족의 통일을 앞둔 시기의 조형예술 전반이 생동감을 띤 것은 결코 우연의 일치가 아니다. 이 시기 고구려 미술의 생동감은 중국의 분열을 배경으로 급성장한 고구려의 기세를 보여주면서, 단순한 역사 기록 이상으로 다방면에 걸쳐 그 시대의 이모저모를 우리들에게 알려준다.

고구려의 조형미술은 금동불 등 일부 불교 조각이 남아 있고 와당이나 토기 등도 전래되었으나 무엇보다 독특한 구조를 지닌 벽화고분이 90기 가까이 알려져 다른 나라와 구별되는 미의식을 쉽게 이해할 수 있다. 4세기에서 7세기 초에 걸쳐 몇백 년간의 그림이 남아 있다. 고분벽화는 중국에선 전한〔前漢, 기원전 206 - 서기 25년〕부터 나타났으나 고구려에서 왕성하게 그려진 시기에는 중국에서는 거의 그려지지 않아 동양 미술사에서도 고구려 고분벽화가 크게 주목된다.

고구려는 일찍이 만주의 주인공으로 너른 영토를 소유했을 뿐더러 중국과 인접해서 새로운 문물의 유입이 용이했다. 또 문화 수용에 적극적이어서 고대 삼국 중에선 가장 먼저 고대국가를 이룩하였다. 당시 적대국이긴 하지만 중국 측 기록을 통해서 고구려의 발전을 살펴볼 수 있다. 고구려인들은 매우 힘이 세고, 전투를 좋아하고, 춤과 노래 그리고 술을 즐기며, 도적질을 잘했다는 등의 언급이 있다.

이를 통해 고구려인의 강성함과 낙천적인 민족성 그리고 능동적인 삶의 태도 등을 확인할 수 있다.

　여기서 소개하는 무용총舞踊塚 널방〔玄室〕 서벽의 〈수렵도狩獵圖〉는 비교적 잘 알려진 벽화다. 일제 강점기에 발견되었는데, 앞에 실린 그림은 실제 벽화가 아닌 모사화의 사진이다. 중국 지안 현 여산 남쪽 기슭에 있는 이 고분은 바로 씨름 장면이 그려진 각저총角抵塚과 나란히 쌍을 이룬다. 고분 내에 주인공에 관한 기록이 없고 널방 동벽에 춤추는 그림이 있어서 무용총으로 명명되었다.

　말 잘 타고 활 잘 쏘며 음악을 사랑한 고구려인의 기상을 이 무용총 벽화를 통해 선명히 엿볼 수 있다. 시각을 통한 이해이기에 좀더 직설적이며 문자가 전하는 기록보다 객관적이다. 중심부에 작게 그려진 산의 상하로 흰말과 검정말을 타고 달리며 젊은이들이 치달리는 사슴과 호랑이를 향해 활시위를 당기고 있다. 고구려 젊은이들의 늠름하고 당찬 기백은 진지하면서도 온화한 얼굴 표정에서도 읽을 수 있다. 당당한 그림 솜씨와 더불어 활달하고 생기찬 분위기가 매우 효과적으로 드러나 있다.

　이 그림이 전해주는 생동감은 강대국가로 빠르게 성장하고 있는 청년기의 고구려, 젊은 기상과 왕성한 힘을 소유한 고구려의 실상을 그대로 보여주는 것으로 봐도 틀리지 않을 것이다. 한민족의 힘찬 기상을 잘 나타내는 동시에, 예술로서의 생동감과 궤를 같이하여 우리를 감동시킨다.

힘

강서대묘 〈청룡도〉

"생명력이 있다" 또는 "생명력을 지닌다"는 말은 예술에 있어서 가장 큰 찬사이기도 하다. 아름다움과 생명력의 관계는 대단히 밀접한 것으로, 생명을 지닌 모든 존재는 아름다움의 대상이 될 수 있다. 생명력은 우선 변화로 드러난다. 그것은 자신의 존재를 드러낼 뿐 아니라 주위도 바꾼다. 우리 옛 미술에서 충만한 힘을 느낄 수 있는 예는 한둘이 아니다. 삼국시대의 조그마한 금동불, 기와 모서리의 문양, 작은 그림이지만 분방하고 빠른 필선筆線에서도 크기와는 별개로 충만한 힘을 느낄 수 있다. 그것은 단순히 눈으로 보아서만이 아니라 미술품으로서 주는 진한 여운에서도 마찬가지인데 이 점은 결국 예술성과 직결된다.

우리 민족이 지닌 미의식에 대한 인식 가운데 일본인들에 의해 철저히 호도된 절망감이나 무기력 또는 정체와 통하는 비애의 개념은 분명한 오류다. 물론 우리 인류가 이룩한 미의식 중에 비애의 아

〈청룡도 青龍圖〉(모사도)
고구려시대(6-7세기), 평안남도 대안시 삼묘리 소재 강서대묘江西大墓 널방 동벽.

름다움이란 것도 존재한다. 어떤 슬픔은 아름다움의 범주에 분명히 포함된다. 그러나 흐느적거리는 나약함이나 동정심에 호소하는 건강치 못한 아름다움과 우리의 조형예술은 거리가 멀다. 우리의 미의식은 매우 낙천적이며 명랑함과 활달함이 두드러진다. 즉 생기 있고 힘 있는 건실한 아름다움을 지녔음을 또렷하게 확인할 수 있다.

힘을 느낄 수 있는 미술품 가운데 그림으로선 맨 먼저 고구려 고분벽화를 꼽게 된다. 시대에 뒤진 감상용 그림들과 달리, 건물 단청이나 사찰벽화처럼 진한 채색이 주는 강렬함이 두드러지는데 이 점도 힘 있어 보이는 요인이다. 고구려 고분벽화 중에서도 특히 후기로 간주되는 6-7세기 사신도四神圖 위주의 벽화에서는 강렬함이 배가된다. 네 벽면을 방향에 따라 북에는 현무玄武, 남에는 주작朱雀, 서에는 백호白虎, 동에는 바로 여기서 소개하는 청룡青龍이 등장한다. 이들 사신은 고대 중국에서 사방의 별자리〔星宿〕를 동물의 형태로 나타낸 것이었으나 점차 방위신方位神의 의미로 바뀌었다. 고구려 고분벽화에서도 무덤을 지키는 수호신의 개념으로 이해되고 있다.

평안남도 대안시(옛 이름은 강서군) 삼묘리에 위치한 강서대묘江西大墓(6-7세기) 널방 동벽에 그려진 이 청룡도는 용 그림 중에서도 걸작으로 꼽힌다. 중국 등 다른 용에서는 찾기 힘든 두드러진 위용을 보여주기 때문이다. 윤곽을 먹선으로 선명하게 그리고 그 아래 붉은색, 누런색, 푸른색 등 오색을 함께 칠하되, 역시 선묘線描를 강조하여 힘 있는 필선 및 색채 사용, 농담 처리가 효과적이다. 입을 크게 벌리고 머리 위의 두 뿔과 갈기에도 힘이 들어가 있고 위엄을 극대화한 자세 등이 모두 조화되어 강렬함을 성공적으로 드러낸다.

힘 하면 때로 무력이나 폭력이 먼저 떠오르기도 하지만 정말 강한 것은 그런 것이 아니다. 조그마한 씨앗에서 뿌리가 돋고 싹이 터서 차가운 대지를 뚫는 가냘픈 듯한 식물의 새순, 어디서부터인지 알 수는 없으나 겨울을 몰아내고 산야에 푸르른 봄기운을 키우는 살랑대는 봄바람, 역경을 초인적으로 버티며 스스로를 추스르고 인간다운 삶을 영위하는 보통 사람들, 인간의 한계에 도전하는 모험가들, 우리는 무엇보다 정의의 힘이 굳세고 강함을 믿는다.

늠름함

김홍도 외 〈대나무 아래 늠름한 호랑이〉

늠름凜凜이 우리말인 줄 알았는데 사전을 찾아보고서야 한자어임을 알게 되었다. '름凜'은 찬 것[寒]인바 늠름은 '추위가 매우 심함', '두려워 삼가는 모양', '용기가 왕성한 모습', '위엄이 있는 모양'을 뜻한다. 그러나 일반적으로 늠름하다는 '의젓하고 당당하다'는 의미로 '어엿하고 버젓하며 번듯하고 떳떳한 것'을 모두 포함한다 하겠다. 말과 행동에 위엄이 있어 잘못이나 흠잡을 만한 부끄러움이 없기에 그저 힘이 센 것만이 아니라 모든 이들이 우러를 수 있는 품격을 지닌 이에게나 타당한 용어다.

이런 것들을 갖추지 못하고서 단지 허세로 될 일은 아니며, 권위나 감투에 의해 드러날 만한 것도 아니다. 주변에서 늠름한 사람으로 꼽을 수 있는 이들이 몇이나 될까. 우리 사회의 기둥과 들보가 될 늠름한 이들을 찾기가 그리 힘든 것일까. 동물들 가운데는 공중을 나는 독수리나 매를, 지상에선 사자와 호랑이를 꼽게 된다. 행동거지에

〈대나무 아래 늠름한 호랑이〔竹下猛虎〕〉(부분)
김홍도·임희지 합작, 비단에 채색, 91.0×34.1cm, 덕원미술관 소장.

위엄이 있으며 의연하고 당찬 기세 등은 충분히 백수의 제왕으로 불릴 만하다. 강한 힘의 상징으로 청룡, 백호, 주작, 현무 등 사신도의 주인공들을 꼽을 수 있으나 이들은 상상 속의 동물일 뿐이다. 인도의 옛 조형물 가운데 불상에 앞서 기원전 3세기 아쇼카 왕이 세운 돌사자상이 있다. 페르시아의 영향을 받아 제작한 이 무불상(無佛像, 부처의 형상을 띄지 않고 불성佛性을 나타낸 상)은 사자가 '어흥' 하면 온갖 짐승이 고개를 떨구듯 부처의 바른 가르침 곧 진리가 세상의 질서를 바로잡는다(獅子吼)는 의미를 지닌다.

우리 조형예술 중에도 늠름함을 보이는 것이 여럿 있다. 반드시 외형이 커서만은 아니며 작은 규모이나 큰 느낌을 주는 도자기 같은 공예, 회화, 조각 등 여러 분야에서 어렵지 않게 확인된다.

앞에서 소개한 호랑이 그림도 한 예다.

호랑이는 감상용뿐만 아니라 요사스러운 귀신을 물리치는 벽사의 의미로 금세기 초까지 민화로도 즐겨 그리던 소재 가운데 하나다. 인간에게 해를 주는 동물만이 아니라 때로는 인자한 산신으로, 길고 흰 수염의 노인 형상으로 나타내기도 했다.

앞에서 본 그림은 조선 30대 화가에 드는 김홍도(金弘道, 1745-1806 이후)가 호랑이를 그리고, 그보다 스무 살 아래인 임희지(林熙之, 1765-1820 이후)가 대나무를 그린 합작품이다. 오랫동안 일본에 간직되었다가 몇 년 전 모국으로 돌아왔다. 김홍도는 흔히 풍속화가로 알려져 있으나 산수, 화조, 인물 등 모든 분야에 두루 뛰어났다. 특히 호랑이 그림에서도 일가를 이룬 명품 몇 점이 어엿하게 남아 있다. 동물원 울 안에 갇혀 어슬렁거리는 것과는 전혀 다른 늠름한 자세, 불을 뿜는 듯 형형한 눈, 빳빳하게 선 털, 힘 있게 꿈틀대는 꼬리 등 호랑이의 특징을 잘 간파한, 매우 핍진逼眞(실물과 아주 비슷함)한 그림이다.

이 그림이 보는 이에게 강한 감동을 주는 것은 순간의 동작을 섬세하고 극사실적인 묘사기법으로 잘 표현한 덕분이다. 나아가 잘 그려진 조선시대 초상화를 대면할 때와 같이 호랑이의 위엄 있고 늠름한 기상을 드러내는 데 성공하고 있다. 또한 낯을 자세히 살피면 그저 두렵고 무서운 표정이 아니라 옳고 그른 행동거지를 판단하고 내면의 마음까지 훤히 들여다보는 듯한 눈빛과 표정을 발견할 수 있어 섬뜩하기까지 하다.

진리로 무장하고 바른 삶을 살 때 우리는 비굴하거나 나약해지지 않고 삶의 매순간을 활기차고 당당하며 늠름하게 살 수 있다. 그것은 객기나 허세가 아닌 안에서 솟는 무형의 강한 힘 덕분이다. 우리들 각자가 늠름한 존재가 될 때 우리 사회, 나라, 민족이 비로소 늠름해지는 것이리라.

배움의 열의

이형록의 〈책거리〉

독서인讀書人이 관리이며 정치가이고 예술가이기도 한 한자문화권에
있어 독서는 생활 자체였다. 책이 있는 방은 향기롭다. 책은 인류의
예지가 고스란히 담겨 시공을 초월한 만남을 가능케 하는 타임머신
이기도 하다. 조선시대 우리는 단위 면적당 가장 많은 책을 발간했다
는 자랑스런 기록을 갖고 있다. 관직에 있지 않더라도 도를 닦고 덕
을 함양하거나 산림 가운데 처하며 제자를 가르치기 위해서 낭랑하
게 책을 읽는 소리가 끊이지 않았다. 이를 나타낸 그림도 한둘이 아
니다. 또 독립된 주제로 책이 그득 꽂힌 서가를 그린 그림도 있다.

　　우리의 옛 그림 중에서 같은 한자문화권인 중국이나 일본에서
찾아보기 힘든 것의 하나로 '책거리'를 들 수 있다. 갑匣이 다양한 여
러 책들과 문방제구文房諸具 및 완상용玩賞用 골동품들을 함께 나타내
여러 폭의 병풍으로 꾸민 그림인데 '책거리'란 말 외에도 '책가도冊架
圖', '서가도書架圖', '문방도文房圖' 또는 '책탁문방도冊卓文房圖' 등으로

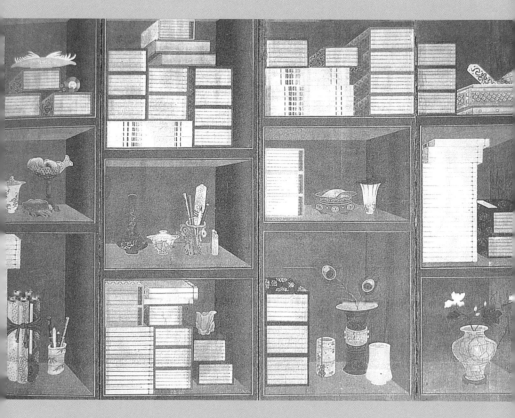

〈책거리〉(부분)
이형록, 종이에 채색, 202.0×438.2cm, 호암미술관 소장.

불린다.

처음 이 그림을 조명한 것은 민화 연구가들이다. 책거리는 민화로도 즐겨 그려졌지만, 시작은 어엿한 전문 화원들이 그린 궁중의 장식화인 것으로 여겨진다. 문헌자료에 따르면 김홍도 같은 거장도 이 분야에 손을 대었으며, 이윤민(李潤民, 1774-1841), 이형록(李亨祿, 1808-?) 부자가 책거리로 큰 명성을 얻었다. 그러나 이 그림은 19세기에 정형이 이루어진 탓에 오늘날 남아 있는 책거리들에서는 그 이전 것을 찾아보기 어렵다.

이형록의 〈책거리〉에 보이는 여러 칸으로 구성된 대형 서가는 조선에 있어 그 예가 드물다. 또 그림에 등장하는 고동기古銅器나 도자기들도 중국의 것들이다. 그림 안의 개별 소재는 철저히 중국 것들임에도 놀랍게도 중국에는 이와 같은 그림이 없다. 중국 소재들을 화려하고 짙게 채색해 사실적으로 정확히 나타낸 그림이다. 원근법 및 명암법의 구사가 두드러지는데, 서양화 기법을 수용한 점이 주목할 만하다. 또 제작 시기도 짐작할 수 있다. 그림에 따라서 서가 없이 책상에 책 등 각종 기물을 쌓거나 문자도와 결합한 것들, 또 여러 소재를 단순히 나열하거나 때로는 추상미까지 보이는 것들도 있다.

여기서 소개하는 책거리는 여덟 폭짜리 병풍이다. 좌우대칭을 이루는 서가는 세로 3단으로 나뉘어 있고, 중간층은 책이 아니라 여러 종류의 향로 같은 고동기와 합, 병, 꽃병, 주전자, 잔 같은 기명〔器皿, 살림살이〕들이 그려졌다. 채색은 화려하고 구도는 중심에서 상하좌우로 펼쳐지는 방사선형이다. 화가 이름은 화면에 나타나 있지 않으나 솜씨와 기량으로 보아 일급 화원이 그린 것이 분명하다. 이처럼 썩 훌륭한 책거리 중에는 화면에 넌 도장으로 화가 이름을 슬며시 드러낸 것(隱印)들도 있다.

왕실의 장식 병풍에서 출발한 책거리는 중국의 다보각多寶閣이나 다보격多寶格과 같은 목가구와 관련이 있어 보인다. 이들은 모두 중국 황실에서 서화골동 등 진귀한 유물을 넣는 가구다. 우리에겐 이를 평면 그림으로 대용한 듯 여겨지며, 중국에선 이를 독립된 주제의 그림으로 옮기지 않았다.

따라서 이 계열의 그림을 중국에서는 찾아보기 힘들다. 책거리에 대한 관심은 서양인들에게로 옮겨져 이에 대한 연구 결과가 발표된 적도 있다.

수요층이 늘어난 조선 말에 이르러선 민화로도 많이 제작되었다. 지역적 특징을 보이는 것들도 있으며, 진채眞彩만이 아니라 수묵으로 그린 예 등 다양한 양식을 이룩했음을 알리는 것들도 있다. 흔히 '수렵도'를 무武의 상징으로, '책거리'는 문文의 상징으로 보기도 한다. 이들 모두는 중국식 복색, 중국의 기명들이 등장하지만 중국과는 구별되는 독특한 양식을 이룩한 점에서 매우 중요하다. 학문을 숭상하는 유교국가인 조선에서 태어난 조형예술로서 값진 문화유산의 하나로 내놓아도 손색이 없다.

토속

석조불입상

이즈음 음식점 상호에 '토속土俗' 두 자를 붙인 것들을 심심찮게 보게 된다. 무슨 원조元祖라고 하는 것과는 달리 자만심이 보이지 않아 거슬리지는 않으나, 여기저기 자주 보이니 그 또한 참신하거나 산뜻한 멋을 상실한 느낌도 든다. 토속은 '일정 지방의 특유한 풍속'을 지칭하는 것으로 그 나름대로 독특함이나 개성을 포함하긴 하지만 덜 세련되고 조금은 시골의 독특한 흙내음 같은 것이 담겨 있다. 그렇기에 천편일률적으로 획일화되고 인스턴트화되어버린 현대인에게 매력적인 단어인지도 모른다. 고향의 정취라도 느낄 수 있을 듯한 기대감 때문인지….

한편 토속품이라 하면 흔히 민예품을 떠올리기도 한다. 관광지에서 파는 토속품이란 것이 대개 그렇듯이 흥미를 끌기는 하지만 감동을 주는 명품은 못 된다. 토속적인 것의 한계인 셈인데, 말하자면 보편적이고 일반적인 중심문화에 비해 지방문화, 지방양식의 의미가

석조불입상 (부분)
고려시대, 높이 280cm, 국립부여박물관 소장.

강하다. 이런 까닭에 한 민족이 이룩한 문화의 특징으로 토속을 운위함은 신중을 요한다 하겠다.

이를테면 우리 나라 삼국 미술의 특징을 다루면서, 고신라古新羅 토기를 김원용 선생이 "소박하고 고졸하며 완고한 흙냄새를 단적으로 나타내고 있는것…"으로 언급하신 대목은 신라 미술을 고구려나 백제 미술과 비교해 다룬 이야기다. 신라 미술이 기교가 없고 서툴러 보이나 고아한 멋이 있다는 내용이다. 토속미가 초기 미술 시기에만 나타난 것은 아니다. 잘 익어 곰삭은 장이나 젓갈 맛에 비교될까. 그래서 구수하다.

오늘날 민화를 일반 그림보다 높이 평가하는 감이 있는데, 민화란 민속학의 대상일 뿐이지 미술사의 대상은 아니다. 민화 나름대로 우리 민족의 미감을 잘 나타내고 있지만, 식견들이 부족해서 그렇지 우리의 민화와 같은 영역을 지구상에 있는 대부분의 민족이 지니고 있다는 사실을 알 필요가 있다.

조금 장황해진 것 같으나 우리 문화유산 가운데 이와 같이 토속미를 느끼게 하는 것은 한둘이 아니다. 현재 국립부여박물관 입구에 진열된 고려시대 석조불입상은 두리뭉실한 몸통에 커다란 손, 헤식은 얼굴 등 불상으로서의 위엄이나 엄숙함은 찾기 힘든 모습이다. 하지만 마치 이웃집 마음씨 좋은 아저씨나 아줌마를 닮은 표정이어서 친근미가 있다. 불교가 이 땅에 전파되고 수백 년이 지나면서 우리의 생활과 의식 깊숙이 침투하여 더 이상 외래 사상이 아닌 우리 것이 되었음을 알려주는 것이기도 하다. 즉 충분히 소화되어 우리의 살과 피가 되었다는 이야기다. 그것은 장승이나 하회탈(경상북도 안동시 풍천면 하회리에 내려오는 고려시대 탈)에서도 읽을 수 있는데, 우리 민족의 욕심 없고 너그러운 마음씨를 그대로 드러낸 것이기도 하다.

장마철 야외에 놓인 불상은 계절과 기후에 따라 모양을 달리한다. 비라도 듬뿍 맞으면 푸른 이끼가 끼면서 흰 화강암은 혈색을 얻는다. 무생물인 돌이 아니라 생명체로서, 그리고 한 마을의 어엿한 웃어른으로서 한 마디 한다. 항상 어질고 참되게 살라고….

석조불입상(전체)

국제성

〈금동용봉봉래산향로〉

이웃 신라에 비하면 백제는 가짓수로 보나 양으로 보나 남아 있는 문화재가 훨씬 적다. 흔히들 망한 나라여서 그런 것이 아닌가 생각하기도 한다. 실제로 고분을 발굴해 보면 도굴되어서가 아니라 장례를 간단히 치르는 박장薄葬의 습속 때문에 부장품이 꽤 소홀한 편이다. 그와 같은 이유를 가난 때문이라고 돌리기도 하는데 이 또한 옳지 않다. 비옥하고 너른 황금들판을 지녔던 백제는 신라보다 경제적으로 여유가 있었다고 평가받는다.

그러나 분명한 사실은 백제는 고구려보다는 뒤지나 신라보다는 앞서서 고대국가를 형성했고, '백제의 미소'로 불리는 뛰어난 조형감각으로 우아하고 독자적인 어엿한 예술 세계를 창출하였다. 수는 적지만 불상 등 오늘날까지 남아 있는 조형예술이 그 증거다. 뱃길을 통해 일본에 끼친 영향 또한 삼국 가운데 가장 크다. 혹자는 백제의 문화는 일본에서 찾을 수 있다고도 하는데 틀린 이야기는 아닐 것이다.

〈금동용봉봉래산향로 金銅龍鳳蓬萊山香爐〉
백제시대(7세기), 높이 64cm, 국립중앙박물관 소장.

1971년 발굴한 무령왕릉은 백제 문화에 대한 우리의 이해를 사뭇 바꿔놓았다. 어디 그뿐인가. 청양 폐가마에서 발견한 〈토제불상대좌〉는 그 규모면에서 놀라움을 금치 못할 정도인데, 백제 관련 유물발굴은 한번 터졌다 하면 속된 말로 대형사고이며 매스컴의 특종감이었다. 그런 일이 1993년 12월 12일 또 한 차례 발생했으니 다름 아닌 〈금동용봉봉래산향로〉의 발굴이다.

충청남도 부여군 능산리 일대는 백제의 고분군이 몰려 있는 곳이다. 사적공원 개발계획에 의해 1992년부터 유적 확인 조사를 진행 중인데 사적 제14호와 사적 제58호인 백제 읍성이 있던 나성羅城 사이에 위치한 집터에서 이 금동향로를 발굴한 것이다. 1993년 9월 26일부터 본격적인 발굴에 들어가 집터 세 곳을 확인했는데, 1993년 12월 12일 제3집터에서 이 향로가 바닥 구덩이에 묻힌 채 완전한 형태로 나타났다. 이 유적지에서는 향로 외에도 금동광배조각, 수정 및 유리 구슬, 각종 금동장식품, 기와와 보주형寶珠形 토기 등 백여 점의 유물이 출토되었다.

이 향로의 시원은 기원전 중국에서 만든 박산향로博山香爐다. 향로는 냄새 제거, 종교의식 등에 향을 피우는 도구로, 불교와 도교 모두에 사용되어 줄기차게 만들어졌다. 처음 이 향로가 출토되었을 때 과연 우리 나라에서 만든 것인지 의문을 가진 이들도 적지 않았다. 중국의 것들이 50센티미터 내외인데 이들보다 훨씬 클 뿐더러 국내에 같은 예가 없어서 중국에서 유입된 것으로 볼 소지도 없지 않았다.

그러나 연구 결과 제작기법, 세부 표현의 조형감각 등 백제 것임이 분명했고 중국 학자들도 백제 것으로 보는 논문을 발표하기도 했다. 우리 문화유산 속에는 외래 요소가 적지 않다. 쉬운 예로 불교가 그렇고, 유교도 외부에서 유입된 사상체계이나 이를 적극 수용해 진일보한 우리 사상으로 받아들였다.

신라 고분에서 출토된 금속제 각종 유물에서도 제작기법이나 무늬 그리고 형태 등에서 꽤나 많은 외래 요소를 찾을 수 있다. 청자에서 백자로 바뀐 것도 다 국제적인 흐름에 적극 동참한 결과다. 즉 우리는 국제적인 흐름에 결코 둔감하거나 등한시한 것이 아니라 적극적인 자세로 이를 받아들였음을 간과해서는 안 된다.

백제인들의 예술적 기질과 역량이 밖으로 표출된 이 금동향로는 7세기 초 백제 문화의 국제성과 예술적인 함량을 웅변하는 걸작이다.

장엄

〈성덕대왕신종〉

'에밀레종' 또는 '봉덕사종'으로 불리기도 하는 〈성덕대왕신종聖德大王
神鐘〉을 우리는 잘 알고 있다. 경주를 찾으면 박물관 뜨락에서 반드시
보게 되는 국내에서 가장 큰 종이다. 그러나 누군가 이 종에 대한 정
확한 수치, 특히 무게를 물으면 대답이 궁해진다. 10자(尺) 높이에 2만
5천 킬로그램(25톤)임을 알면 다시 그 웅대함에 경탄할 수밖에 없다.
그러나 우리 선조들은 큰 것에 대해 대수로운 의미를 부여하지 않은
듯하다.

　'풍채가 있는 키'를 지칭하는 허우대란 단어는 대개 "허우대는
큰데 주변은 없다"라고 다소 부정적인 의미로 쓰인다. 마찬가지로
"키 크고 싱겁지 않은 사람 없다"나 "키 크고 묽지 않은 놈 없다",
"키 크고 속 없다" 등 큰 키를 칭찬하는 것보다 키 큰 사람의 행동이
치밀하지 못함을 조롱하는 말이 더 많은 것도 과거 우리의 실상이다.
그래서인지 오늘날 우리들은 조상들이 이룩한 문화 역량의 실상에

〈성덕대왕신종〉
통일신라시대(771년), 높이 333cm, 구경 227cm, 국립경주박물관 소장.

가끔은 둔감하고 실제보다 작게 그리고 적게 인식하는지도 모른다. 오늘날까지 가녀린 숨을 쉬며 남아 있는 유물은 잦은 외침外侵으로 사라진 것에 비교한다면 빙산의 일각에도 미치지 못할 것이다.

장엄莊嚴은 '규모가 크고 엄숙함'을 지칭한다. 비록 중국의 윈강雲岡이나 룽먼龍門 석굴의 석불石佛에 비해 우리 것이, 그들의 왕궁에 비해 우리 왕궁이, 그들의 만리장성에 비해 우리의 천리장성도 마냥 작게 느껴졌을 것이다. 하지만 우리 문화재 중에서도 장엄하다고 느낄 수 있는 것을 여럿 델 수 있다. 그 가운데 여기서 소개하는 〈성덕대왕신종〉도 있다. 우리는 지금까지 이 종의 크기를 자랑한 적은 없다. 크다는 것만으로 큰 의미를 지녔다고 보지도 않은 것 같고, 단지 있는 그대로 좋아했을 뿐이다. 물론 지금까지 알려진 고대 동양의 청동제 범종 가운데 〈성덕대왕신종〉이 가장 큰 것은 사실이다.

그러나 크기에 앞서 범종의 첫 번째 기능인 소리, 즉 부처님의 음성〔佛音〕을 중요시했다. 표면에 등장하는 유려한 비천飛天이며 당초 문양대 등 돋을무늬의 아름다움, 무엇보다도 항아리와 닮은 눈맛을 주는 부드러운 윤곽선, 아홉 개씩 연꽃으로 나타낸 유乳며 아래 부분, 즉 종구鐘口가 꽃잎처럼 팔등형八等形을 이룬 점 등이 특징이다.

일찍이 불교가 태어난 인도에도 있었고, 중국 고대의 고동기 중에 종鐘, 정鉦, 탁鐸 등 예식에 쓰인 악기에서 불교사찰에 사용된 범종의 시원을 찾는 게 일반적이다. 연원은 타국에 있으나 이를 받아들여

전해준 쪽과 구별되는 독자적인 형태를 선뜻 이룩한 우리의 문화유형에서 범종 또한 예외가 아니다. 그래서 동양 범종사에서 '조선종朝鮮鐘'이란 학명學名을 얻은 것이다. 몇 년 전에 작고하신 서울대학교 공과대학의 염영하 교수는 공학도임에도 불구하고 우리 종의 아름다움에 심취하고 매료되어 말년을 종 연구로 장식하기도 했다.

이와 같이 아름다운 종을 만든 바탕은 해맑고 순수한 신앙, 예술적인 감수성 그리고 이를 담기 위한 과학의 뒷받침이 함께하였음을 간과할 수 없다. 더욱이 이 종에는 630자의 명문銘文이 있는데 왕의 공덕과 온누리의 복락과 나라의 태평을 빌고 있어 오늘의 우리가 있기까지 선조의 간절한 기원의 공이 컸음을 느끼게 한다.

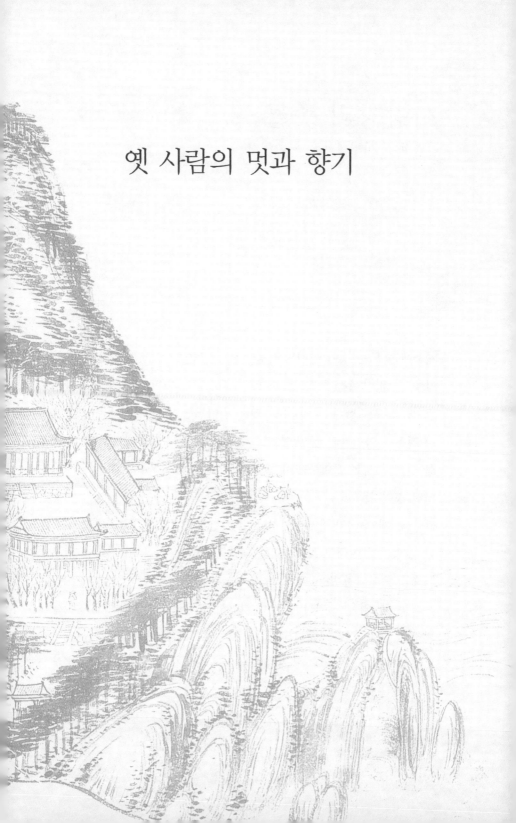

옛 사람의 멋과 향기

사랑방의 촛불

이유신의 〈가헌에서의 매화 감상〉

겨울에는 모든 것이 정지되고 중지된 듯 보이나 자연의 운행에 쉼이 있을 리 없다. 알 듯 말 듯 한 조각 봄기운이 이미 사랑방 언저리에 스며들기 시작했다. 봄이 제일 먼저 찾아드는 곳은 풋처녀의 가슴이나 철없는 아이들의 꿈 속이 아니라 계절을 잊고 학문에 몰입한 가난한 선비의 시선이 머무는 바로 그곳이다. 통통히 부푼 매화 꽃망울이 터진 것이다.

서재書齋이자 응접실이기도 한 사랑방은 칸살이 그리 넓지 못하다. 그렇기에 여럿이 모여 떠들 수 있는 공간은 못 되며 마음을 열고 가슴을 풀어헤친 벗 몇몇이 머물 정도의 면적이다. 그리고 차가운 이 계절은 책 읽을 시기라 손님이 잦아서도 안 된다. 호젓하게 촛불을 밝히고 홀로 앉아 독서삼매경讀書三昧境에, 그것도 선철先哲의 예지가 응축된 경서經書처럼 깊이 있고 무게 있는 책들이 제격이다. 이 축복받은 차가운 계절엔.

〈가헌에서의 매화 감상〔可軒觀梅〕〉(부분)
이유신, 종이에 담채, 30×35.5cm, 개인 소장.

아직은 스산한 계절, 존재의 궁극을 철저히 사실적으로 보여주는 자못 애처로운 겨울에 조물주는 또다른 명품을 빚어낸다. 옷을 벗은 나무에 눈꽃을 피워 무채색이 얼마나 현란한 아름다움인지를 보여준다. 그리 해서 암향暗香을 내뿜는 매화와 견주게 한다.

오늘은 특별한 날, 벗을 부르지 않을 수 없다. 눈꽃과 매화를 함께 완상할 수 있는 절호의 기회, 벗과의 만남은 그 자체로서 기쁨이며 즐거움이리라. 따끈히 데운 술보다도 따뜻한 우정, 소란하지 않고 잔잔히 이어지는 담소에 즐거움은 그 농도를 더한다.

엄동설한嚴冬雪寒. 촛불은 청빈한 선비의 말 없는 벗으로 조그마한 서안書案을 비출 뿐 아니라 이따금 곱은 손끝을 녹이는 난로 역할까지 한다. 열과 빛이 동시에 선비 주변을 감싸는 것이다. 사랑방 촛불은 시들지 않는 선비정신의 상징이자 바로 세상을 비추는 진리의 빛이기도 하다.

18세기 후반에서 19세기 초에 생존한 이유신李維新은 여기서 소개하는 〈가헌에서의 매화 감상[可軒觀梅]〉을 통해서도 알 수 있듯 깔끔하고 서정적인 화경畵境을 지닌 작품을 여럿 남기고 있다. 이 그림은 네 계절에 전개된 선비들의 가락 잡힌 아회[雅會, 글을 지으려고 모이는 모임]를 그린 연폭의 끝 그림이다. 한겨울 방문을 열고서도 한기를 느끼지 않는 옛 선비들의 따뜻한 정이 마냥 부럽다. 우정이란 참 에너지(?) 덕분에 겨울이 덜 차갑게 느껴지는 것이런가.

이 그림은 1981년 동산방東山房화랑에서 개최한 '조선시대 일명회화전朝鮮時代 逸名繪畵展'에서 최초로 공개되었다. 〈포동춘지浦洞春池〉, 〈귤헌납량橘軒納凉〉, <행정추상杏亭秋賞〉, 〈가헌관매可軒觀梅〉의 작품명이 시사하듯 사계절을 배경으로 계절을 음미하는 선비들의 생활 정경을 나타낸 넉 점짜리 화첩에 속한 끝폭이다. 폭마다 작품 제목 외에 천원泉源이란 이의 오언제시五言題詩가 있다.

일본에 유출된 그림이었으나 국내 개인 소장가 수중으로 되돌아왔다. 이 화가에 대해서는 아직 본격적인 회화사적 조명이 시도되진 않았으나 〈해악도팔폭병海岳圖八幅屛〉(개인 소장)과 〈영모팔폭병翎毛八幅屛〉 등이 공개되었다. 명품을 모아 19세기 초에 화첩으로 만든 『화원별집畵苑別集』(국립중앙박물관 소장)에도 〈우후심사도雨後尋寺圖〉와 〈방남맹비설도倣藍孟飛雪圖〉 등 두 산수화가 게재되어 있다.

고향 산의 봄 소식

이정근의 〈관산에 쌓인 눈〉

2월은 겨울에서 저만큼 멀어져 있다. 팔을 조금만 내밀어 손을 펼치면 다가오는 새봄과 손잡을 수 있는 거리에 이 달이 존재한다. 먼저 겨우내의 침묵 그리고 추위와 작별할 무렵이다. 산정山頂엔 흰 눈이 여전하고, 콧속으로 스며드는 바람과 한기가 한겨울보다 차고 시리게 느껴지는 때이기도 하다. 그러면서도 겨울과 작별하는 아쉬움과 미련이 아련히 깃든 시기다.

여기서 소개하는 산수도 소폭은 〈설경산수도雪景山水圖〉로 불리기도 하지만 원 작품명은 〈관산적설도關山積雪圖〉다. 이 그림을 그린 화가는 16세기 후반에 활동한 화원 이정근(李正根, 1515-?, 호는 心水)이다. 그의 유작은 몇 안 된다. 산수를 잘 그린 것으로 알려져 있는데, 비록 소품이나 깔끔한 화면 구성과 필치에서 이 그림을 그의 대표작으로 보아도 손색이 없다.

〈관산에 쌓인 눈〔觀山積雪圖〕〉
이정근, 비단에 담채, 19.6×15.8cm, 국립중앙박물관 소장.

화면에 비친 계절은 얼핏 보면 엄동설한의 한겨울 같다. 해서 겨울의 마지막인 2월에는 걸맞지 않은 것으로 생각할 수도 있다. 쌓인 눈이 두텁고 등장한 두 인물들도 미끄러운 흰 노면에 조심하는 모습이다. 그러나 조금만 유심히 살피면 그림 하단 하천에 보이는 힘찬 물살이며, 아직 새순은 발견할 수 없으나 눈 녹은 물에 씻기워 선명해진 나무줄기에서 새로운 계절이 겨울잠에서 깨어나 기지개를 하고 있음을 알 수 있다. 이미 연둣빛으로 바뀐 산색도 놓쳐서는 안 된다.

조용히 다가오는 봄기운은 감동적으로 이렇게 모든 것을 송두리째 바꾸고 있다. 모든 것을 녹이는 사랑의 불을 토하는 것이다.

이 그림은 『화원별집』에 속한 것으로 자그마한 크기이나 웅장한 산세 등 대작大作을 보는 듯한 감동을 준다. 지금까지 〈관산적설도〉 외에 이정근의 유작으로 알려진 것은 간송미술관에 소장된 〈택반소요濯畔逍遙〉와 국립중앙박물관에 소장된 전칭작傳稱作 〈산수도山水圖〉, 〈미법산수도米法山水圖〉 등이 있다.

이정근은 산수를 잘 그린 것으로 알려져 있고, 그의 부친 이명수(李明修, 1490-?)와 아우 이정식(李正植, 1520-?) 또한 화원이었으니 조선 전기 화단에서 경주 이씨인 이상좌(李上佐, 1485-?) 집안과 함께 그가 속한 전주 이씨 또한 대표적인 화원 가문의 하나였다.

벗을 찾아

전기의 〈매화가 핀 초옥〉

차갑게 싸한 계절이라야 천지를 온통 희게 물들이는 꽃이 있다. 꽃
숭에서 가장 풍성하고도 화려한 눈꽃은 순백의 색 외에 현란한 빛도
지니고 있다. 향기는 내음이 아닌 귀로 듣는다(聞香). 온갖 생명체늘이
침묵하면서 너나없이 내일을 마련하는 엄숙한 순간, 그렇기에 고갈과
경화硬化를 느끼는 정신과 마음이 눈꽃 덕분에 부드러움의 힘과 의미
를 깨치게 된다.

　　모든 색조들이 탈색해도 끝까지 남는 건 희고 검은 두 무채색,
그렇기에 그 안에는 모든 색들이 담겨 있다. 흰 종이와 변치 않는 먹
을 발명한 한자문화권은 이 때문에 추상의 폭이 너르고도 깊다. 이를
깨달은 스페인 화가 타피에스(Antoni Tapies, 1923-)는 그 덕택에 오늘
날 그리도 유명해졌고, 지구의 반을 돌아 우리 화단에서도 이를 흉내
내고 있으니 쓴웃음을 감추기 힘들다.

19세기 중엽 서른 살을 채우지 못하고 요절한 전기(田琦, 1825-1854)가 남긴 〈매화가 핀 초옥(梅花草屋)〉은 눈 속에 벗을 찾아간다는 비교적 전통적인 주제(雪中訪友)이나 현대 감각도 엿보인다. 일견 연하장같이 보이기도 하지만 먹 외에 흰 점으로 나타낸 매화와 검은 점 위에 녹색 점, 초옥 내 인물의 연록색 옷 그리고 거문고를 들고 초옥을 찾아드는 인물의 주홍색과 초옥 지붕의 옅은 담홍 등이 화면에 산뜻함을 더한다. 무채색 배경에선 모든 색조가 그지없이 화려하다. 겨울은 깊으나 이미 그 안에서 새봄을 품고 있으니 점점이 가한 초록이 이를 알려준다. 초옥 주인 오경석(吳慶錫, 1831-1879, 조선 후기의 역관, 서화가)의 녹색과 거문고를 어깨에 걸치고 그를 찾아드는 여섯 살 연상의 벗 전기의 주홍색 옷이 너무나 또렷하다.

남보다 앞서 미리 내일을 준비한 사상가 오경석에게 그려준 것으로 두 사람의 따사로운 우정도 감지된다. 벗이 올 줄 알고 문을 열어놓았으니 마음이 통하고 있음이 선명히 드러난다. 우리는 눈 내리는 날 발걸음을 어디로 향해 누구를 찾아가야 하는가.

1980년 말 동원東垣 이홍근(李洪根, 1900-1980)의 유지를 받들어 유족들이 국가에 기증한 근 6천 점에 이르는 유물에 포함된 회화 중 백미에 드는 것이다. 전기의 유작 중 명품으로 1981년 봄에 국립중앙박물관에서 열린 '동원 선생 수집문화재 특별전'에 이어 1987년에 국립중앙박물관에서 개최된 '한국 근대회화 백년전'과 1995년 미술의 해를 맞아 제11회 광주 비엔날레 기간 중 국립광주박물관에서 열린(9. 8.~11. 5.) '한국 근대회화 명품전' 등 여러 특별전에 출품되었다.

〈매화가 핀 초옥〔梅花草屋〕〉
전기, 종이에 채색, 29.4×33.3cm, 국립중앙박물관 소장.

매화가 흩뜨리는 봄 향기

전기의 〈매화 핀 서재〉

2월의 산야는 추위에 여전히 몸을 움추린 듯 보이나 옛 시인의 시구 詩句처럼 "언 가지 녹지 않아 꺾어질 듯 보이나 이미 뿌리 쪽엔 봄기운이 비치기 시작했네〔萬木凍欲折 孤根暖獨照〕" 그대로다. 꽃샘추위가 아니라 현란한 눈꽃에 매화 꽃망울이 뾰로통 시샘하다 급기야 터지기 시작했다. 그 소리가 웃는 것인지 추위에 시려 목 메인 것인지 구별이 어렵고, 눈 오고 꽃 피는 소리를 들을 수 있는 이 몇 안 되지만.

오른쪽의 그림을 보자. 지금부터 150여 년 전인 1849년 한여름에 그렸음을 화가 자신인 전기가 화면 왼쪽 위편에 유려한 서체로 칠언절구의 제시題詩 끝에 적은 간기刊紀로 알 수 있다. 삼십 평생의 짧은 생애였으나 시, 글씨, 그림 모두 뛰어났던 그는 김정희(金正喜, 1786-1856) 말년에 남다른 사랑을 받은 애제자로 사대부 뺨치는 품격 높은 화경을 유감 없이 보여주었다.

그보다 40년 연상인 조희룡(趙熙龍, 1789-1866)이 문집 『호산외기

〈매화 핀 서재(梅花書屋)〉
전기, 비단에 채색, 88.0×35.5cm, 국립중앙박물관 소장.

壺山外記』에 길지는 않으나 이 화가의 전기傳記를 남겨 외모와 사람됨은 물론 그가 즐겨 그린 그림 소재와 화풍까지 소상히 알 수 있다. 그는 키가 훤칠했으며 빼어난 외모에 그윽한 정취와 예스러운 운치로 마치 진晉·당唐의 그림 속 인물과 같은 선풍도골仙風道骨이었다고 한다. 그는 멋진 친구들과 뜨거운 우정을 나누었고, 김정희도 그의 시와 그림이 모두 아름다워 글귀를 주기도 했다.

　　그는 먹만으로 빠른 필치의 선미禪味마저 느끼게 하는 작은 그림을 모은 화첩 외에, 여기 소개하는 〈매화 핀 서재〔梅花書屋〕〉와 같이 제법 큰 그림들도 여럿 남기고 있는데 예외 없이 빼어난 그림들이다. 이 주제로 동시대 화가들뿐 아니라 전기 그 자신도 여러 폭을 남겼다.

　　선비 홀로 머무는 도량〔道場, 도를 얻으려고 수행하는 곳〕은 당연히 산 속에 있어야 한다. 눈이 수북이 앞뒤 산에 쌓여 있으나 어찌 다가오는 봄에 대항할 수 있으랴. 매화가 먼저 순백을 잃어가는 쌓인 눈을 비웃는 듯 황홀한 미소를 여기저기 흩뜨리고 있다. 이와 같은 매화의 뽐냄을 눈치챈 선비는 아직 추운 겨울이나 겨울과 결별하고 새봄과 악수하려는 듯 문을 활짝 열어제쳤다. 매화를 완상하기 위함인지, 아니면 산까치 소리를 듣고 벗이 어디쯤 오는지 확인하기 위함인지…. 모든 것이 두절되고 멀어진 듯 아득한 곳이기에 손님이 오기도 힘든 곳이다. 아하! 하단에 서옥을 향해 지팡이를 들고 찾아오는 진정한 벗이 등장하고 있다. 이쯤 되면 이들의 마음은 벌써 포옹하고 있었고, 창문을 제쳐놓은 이유도 분명해진다.

북송北宋의 시인 임포(林逋, 967-1028)는 고산孤山에 숨어서 매화와 학을 부인과 아들로 여기며 흔치 않은 초연한 삶을 영위한 은사隱士로 이름을 남겼다. 이 그림의 시구에서도 그가 언급되고 있는데, 이를 주제로 한 그림들이 중국을 비롯해 조선에서도 줄기차게 그려졌다. 그러나 여기서 소개하는 〈매화 핀 서재〉는 청아하고 유장한 그린이 자신의 마음을 표출해 본 것이리라.

그윽함을 아는 선비에게 침묵하는 산은 무한한 예지가 깃들어 있는 스승이며 따뜻한 어머니 품, 그 자체이리라.

일반적으로 '매화서옥도梅花書屋圖'로 지칭되는 주제의 그림은 19세기 전반에 유독 많이 그려졌다. 비교적 이른 것으로 간송미술관에서 소장한 강희언(姜熙彦, 1738-1784 이전)의 소품 〈세한청상歲寒淸賞〉(종이에 담채, 22.8×19.2cm)이 공개된 비 있다. 이 주제이 작품을 남기 이가 한둘이 아니며, 이들은 대부분 18세기 이후의 화원인 중인들로 사료되나 신분과는 별개로 그림들은 하나같이 격조와 기량을 갖춘 수작들이다.

매화꽃을 찾아서

심사정의 〈파교를 건너 매화를 찾아서〉

해는 바뀌었으되 아직은 겨울이다. 백설이 분분한 시절 훌쩍 집을 나선 선비가 있다. 겨우내 읽은 엄청난 양의 책이 두 눈을 빡빡하게 하고 과잉 흡수한 정신의 영양(?)을 기지개만으론 삭이기 힘든 탓일까? 선비는 그 때문이 아니라 한겨울에 이미 봄이 다가오고 있음을, 매화꽃 열리는 소리와 그 향기를 누구보다 먼저 알았기 때문이다.

잘 알려진 당唐의 시인 맹호연(孟浩然, 698-740)은 왕유(王維, 699-762)와 더불어 자연주의 시인으로 불리나 두 사람의 삶은 사뭇 달랐다. "꽃에 미혹되어 임금 섬기기를 게을리했다"는 지탄을 받기도 한 맹호연은 약관 이전에 과거에 급제하여 관직에 몸담았던 왕유와 달리 전혀 벼슬살이를 한 적이 없다. 길지 않은 43년 일생을 끝마칠 때까지 그는 처사處士로 머물렀다. 그가 매화를 좋아하여 이른 봄 장안성 동쪽에 있는 파교灞橋를 건너 매화를 찾아나선 '파교심매灞橋尋梅'의 고사 또한 유명한 일화다. 이에 연원을 둔 그림은 중국의 왕조가

〈파교를 건너 매화를 찾아서〔灞橋尋梅〕〉
심사정, 비단에 담채, 115×50.0cm, 국립중앙박물관 소장.

바뀌고 세월이 수없이 흘러도 줄기차게 그려졌다.

우리 나라에서도 조선 전기에 신잠(申潛, 1491-1554)이 그렸다고 전해지는 전칭작을 비롯해 두 차례나 통신사 수행 화원으로 일본을 다녀왔고 17세기 조선 화단에서 활동이 두드러졌던 화원 김명국(金明國, 1600-1663 이후), 정선 등 여러 문인화가들도 이를 다룬 그림을 남기고 있다. 〈심매도尋梅圖〉, 〈탐매도探梅圖〉라 이름 붙인 그림들이 바로 이것들이다.

〈파교를 건너 매화를 찾아서灞橋尋梅〉란 제목과 병술(丙戌, 1766년)이라는 간기가 있는 심사정(沈師正, 1707-1769)의 이 그림도 같은 주제다. 타계 3년 전인 예순 살에 그린 것인데, 그 또한 어엿한 사대부 출신이나 평생 처사로, 화가로만 이름을 남겼을 뿐이다. 맹호연을 잘 알았기에 화면의 주인공은 사뭇 젊다. 오늘날 우리들 중 누가 봄이 오는 소리를 듣고 봄을 마중 나가는가.

심사정의 부친 심정주(沈廷冑, 1678-1750)와 외조부 정유점鄭維漸 등 친·외가 모두 그림에 이름을 얻고 있어 심사정의 화기畵技는 연원이 깊다. 다만 조부 심익창沈益昌이 1699년에 단종 복위를 경축하는 증광시에서 시관試官과 공모하여 시장試場에 이름을 바꿔넣는 부정을 저지르다 발각되어 10년간 유배를 가야 했고 유배지에서 풀려난 후 다시 연잉군(어린 영조) 시해 음모에 가담했다가 실패하자 극형을 받게 되었다. 이 일련의 일들이 심사정으로 하여금 출사出仕를 포기하고 그림에 전념케 한 사정이다.

봄날의 소요유

이불해의 〈지팡이를 짚고 거닐다〉

우리는 언제부터인가 소요逍遙의 멋을 잃고 말았다. 산책도 너무 고상한 것인 양 거리감이 들기도 한다. 도시에서의 소요는 또다른 소요驅擾일 뿐, 빌딩 숲에서 술기운으로 휘청거림은 배회나 방황이지 신책이나 소요와는 전혀 다르다. 우리를 안아주는 포근한 품, 산수가 있어야 '산수 간의 소요'라는 말이 제격이 아니겠는가. 소요란 여행과도 달라 목적지가 없어야 하고, 그냥 발길 닿는 대로, 나아가 대자연의 품에 안기는 것이다.

3월의 산야는 화면에 옮기기엔 색이 어정쩡하다. 그러나 물오른 나무들은 윤기를 더하며, 눈 녹은 물에 씻긴 상록수 잎들은 겨울과 사뭇 때깔이 다르다. 해동하는 대지는 좀 질척거리긴 하지만, 봄바람 맞으며 영혼의 청신감清新感을 재확인하는 소요는 아름다운 행동이 아닐 수 없다. 반드시 여럿일 필요도 없으며, 자연의 소리에 귀 기울이기에는 혼자가 더 좋기도 하다. 대지에 불 붙은 엄청난 사랑의 힘은 우리들 마음의 추위와 외로움마저 녹일 것임에 틀림없다.

조선 중기 이불해(李不害, 1529-?)란 화가가 남긴 조그마한 그림 한 폭은 아마도 이 무렵(3월경)을 화면에 옮긴 것 같다. 그림 내용 때문에 〈지팡이를 짚고 거닐다(曳杖逍遙圖)〉로 명명되었다. 보기에 따라서는 늦가을같이 생각되기도 하지만, 모래바람이 공중에 낀 3월의 어느 날로 여겨진다. 햇살이 나날이 따사로운 봄, 집을 나서서 나날이 바뀌는 풍광을 바라보는 유유한 모습 등 유현幽玄한 정경임이 분명하다. 봄을 제대로 맞이하는 소요의 모습 그 자체다.

그림이 작아 얼굴만을 알 수 있을 뿐 눈, 코, 입이 보이지 않아 등장인물의 표정을 살피긴 힘들다. 언덕에 올랐되 발걸음의 진행과는 다른 시선의 방향에서 한껏 여유로움과 한가로움을 엿볼 수 있다. 그것은 한눈 파는 것이 아닌 무심히 지나치기 쉬운 자연의 한 장면에 시선을 모으는 것으로 이와 유사한 정경은 조선 후기의 거장巨匠 김홍도의 〈마상청앵馬上聽鶯〉에서도 엿볼 수 있다. 관조와 마음을 비운 상태에서만 가능한 것이리라.

이불해는 선비화가로 사료되나 행적에 대해선 별로 알려진 것이 없다. 남태응(南泰膺, 1687-1740)의 『청죽화사青竹畵史』에서 강희안(姜希顔, 1417-1464) 이래로 신세림(申世霖, 1521-1587)과 이불해가 명성을 얻은 것으로 언급되어 있다.

유작으로는 여기서 소개한 〈지팡이를 짚고 거닐다〉가 기준작으로 생각되며 비록 이불해의 도장이 찍혀 있지 않지만 〈기려도騎驢圖〉와 〈산수도山水圖〉(개인소장) 소품 편화가 알려져 있고(「산수화山水畵 上」, 중앙일보,1980), 국립중앙박물관 소장의 〈묘작도猫鵲圖〉가 공개된 바 있다.

〈지팡이를 짚고 거닐다〔曳杖逍遙圖〕〉
이불해, 비단에 수묵, 18.6×13.5cm, 국립중앙박물관 소장.

상춘, 봄에 취한 언덕

정선의 〈꽃을 찾아 봄에 젖기〉

진달래 붉은빛이 산야를 적실 제 버들은 싱그럽고 끼끗한 푸르름을 뿜어낸다. 시린 공간에서 자취를 감췄던 여러 새들도 날아들어 새봄의 기쁨을 합창한다. 계절이 바뀜을 춘곤만으로 느끼는 우리네 무딘 가슴에서도 봄은 정녕 피어나고 있음이런가. 이 무렵이면 봄을 감동적으로 읊은 5백 년도 더 지난 시구 하나가 생각난다. 정극인(丁克仁, 1401-1481)의 「상춘곡賞春曲」은 우리 나라 가사문학歌辭文學의 효시이자 이 분야의 백미로 일컬어진다. 아름다운 시는 긴 생명을 지녀 줄기차게 회자되어 오늘까지 전해진다.

　　정극인은 산림에 묻혀 쓸쓸하고 적막한 삶을 영위한 듯 보인다. 스스로 자연의 주인(風月主人)임을 자처하며 홀로 지극한 즐거움을 만끽했다. 한가한 가운데 자연의 참멋을 아는 이는 자기뿐이라고 외치기도 했다. 「상춘곡」에 나타난 그의 봄맞이 모습은 다음 네 가지다. 자연과 한몸이 되어 새와 같은 흥으로 어슬렁거리며 시를 읊는 것,

〈꽃을 찾아 봄에 젖기〔尋花春感〕〉
정선, 비단에 담채, 22.5×19.5cm, 고려대박물관 소장.

답청踏靑과 산책, 잘 익은 술을 술잔에 떨어지는 꽃향기와 더불어 마시기, 급히 산 정상에 올라 구름 속에서 속세의 춘색을 굽어보기 등이다.

이들 전부는 어려워도 한두 가지쯤은 흉내낼 수 있을 듯하나 자연과의 합일은 현대인에겐 신화와 같고, 상실된 예술이런가. 이 중 세 번째 모습을 조선 그림의 어엿함을 진경산수로 빚어낸 선비화가 정선이 그려냈다. 작은 크기이나 〈꽃을 찾아 봄에 젖기(尋花春感)〉라고 명명된 그림으로 "꽃나무 가지 꺾어 셈하며 마시리라…"의 멋을 선뜻 보여준다. 봄에 취하면 이 그림처럼 진달래 꽃빛도 희고 붉고 노랗게 여러 색으로 보이나 보다. 이 그림도 보는 이에 따라서 노랗고 붉은 것은 꽃만이 아닌 왼쪽 하단의 한쪽 줄기 사이를 물들인 갈색조 때문에 가을의 정경으로 읽을 수도 있을 것이다.

이 그림은 정선의 산수, 산수인물, 묵죽, 영모, 어해 등 소품을 모은 〈백납병풍百衲屛風〉에 속해 있다. 이 병풍은 지난 1992년 2월 국립중앙박물관에서 개최한 '2월의 문화인물 겸재전'을 통해 전체가 일반에게 공개되었다. 이 병풍에 속한 그림들은 지금까지 간행된 여러 도록에 나뉘어 게재되었다. 동 전시도록인 『겸재정선謙齋鄭敾』(도서출판 학고재, 1992. 12.)에는 소재별로 나뉘어 실리긴 했지만 병풍 전체가 수록되었다.

정선은 이 그림처럼 혼자만이 아닌 여러 선비가 모여 상춘을 하는 장면을 나타낸 〈장동춘색壯洞春色〉(개인 소장)도 남기고 있다. 또 기녀를 대동하고 봄나들이를 떠나는 젊은이를 등장시킨 신윤복의 〈연소답청年少踏靑〉도 유명하다(국보 제135호, 『혜원전신첩蕙園傳神帖』, 간송미술관 소장).

만남
유숙의 〈선비들의 반가운 만남〉

만남은 대상이 누구든 우리를 설레게 한다. 첫 만남은 나름대로 호기심과 기대감 속에 이루어지며, 마음을 열고 나눌 수 있는 진정한 벗은 우리들 삶의 보배이자 기쁨이다. 우리의 옛 그림 중에는 홀로 자연과 교감하는 가락 잡힌 삶의 모습도 있지만 여럿이 함께 담소를 나누거나 자연을 완상하는 내용들도 적지 않다.

동양의 옛 그림 중에는 '고사인물화古事人物畵'라고 지칭하는 분야가 있다. 역사상 아름다운 행실로 이름을 남긴 절개 있는 선비나 은사 등을 주인공으로 그린 그림들로서 이들은 그림의 주제로 줄기차게 그려졌다. 대표적인 사람들이라면 아직 산야에 백설이 분분한 때 매화를 찾아나서는 '탐매도探梅圖'의 주인공인 당나라 시인 맹호연, 송나라 때 항주杭州의 서호西湖 주변 고산에 은거하며 매화를 아내 삼고 학을 아들 삼아 고결한 삶을 영위한 '매처학자梅妻鶴子'의 주인공 임포 등이다.

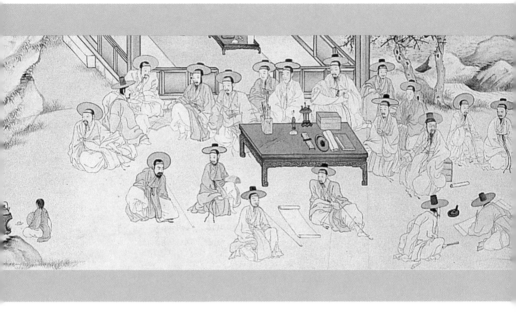

〈선비들의 반가운 만남(修禊圖)〉 유숙, 종이에 담채, 28.3×255.5cm, 개인 소장.

　　고사인물화 중에는 한 사람만이 아닌 여러 벗들과의 만남을 다
룬 것들도 있다. 대표적인 것으로 글씨의 성인으로 일컫는 진晉나라
왕희지(王羲之, 321-379)가 수십 명의 벗과 곡수曲水에서 시와 술잔을
나누는 〈난정수계蘭亭修禊〉, 당나라 백낙천(白樂天, 772-846) 등 아홉 사
람이 향산香山에서 모인 일을 그린 〈향산구로香山九老〉, 진시황의 폭정
을 피해 상산에 은거한 네 은사를 그린 〈상산사호商山四皓〉, 송나라 왕
진경王晉卿의 서원에 소식(蘇軾, 1036-1101) 등 열여섯 명의 명사를 그린
〈서원아집西園雅集〉 등이 있다. 이들은 중국뿐 아니라 우리 나라에서도

즐겨 그려져 오늘날 남아 있는 어엿한 명품만도 여럿이다. 또한 고려 이후로 선비들은 이들 중국 고사와 유사한 모임을 가져 이를 기념하기 위한 〈계회도褉會圖〉를 남겼으니 16세기 전반 것들도 남아 있다.

1853년 3월 3일은 왕희지가 난정蘭亭에서 모임을 가진 지 꼭 1천 5백 년이 되는 해다. 천하에 봄기운이 그득한 화창한 날, 남산 기슭에 문인 서른 명이 자리를 함께했다. 이들은 사대부 출신은 아니나 너나없이 도포를 갖춰입고 있으며 끼끗한 외모 등 자못 기품을 지닌 개결한 선비의 모습이다. 이 그림을 통해서 19세기 중엽 사회 분위기를 여실히 읽을 수 있으니 세상이 자못 변하고 있음을 드러내보이고 있다. 역관이나 화원 등 중인들이 조선 후기에 이르러 사대부를 뺨칠 정도로 학문, 예술 등 모든 분야에서 모습을 드러내기 시작했으니 여항문인들의 시 모임이 그 대표적인 예다.

여기서 소개하는 〈선비들의 반가운 만남[修禊圖]〉은 명확한 시기는 알 수 없으나 미국으로 유출되었다가 1995년 여름에 국내로 반입(歸國)되어 국립광주박물관에서 개최한 '한국 근대회화 명품전'에서 일반에게 공개되었다.

8미터가 넘는 긴 두루마리에 속한 이 그림은 먼저 김석준(金奭準, 1831-1915)이 작품 제목을 방정한 서체로 적었고, 그림에 이어 모임에 참석한 30인 모두의 시문이 이어져 시, 서, 화를 함께 감상할 수 있는 기념비적인 작품이다.

등장인물들은 마치 초상화를 대하는 듯 사실적으로 나타냈고, 이들이 취한 각기 다른 자세나 태도는 녹록치 않은 화가의 기량을 엿보게 한다. 화면 중앙 우측에 엎드려 종이를 앞에 둔 인물이 보이는데 바로 그림을 그린 유숙(劉淑, 1827-1873) 자신으로 생각된다.

이 그림은 왕희지의 〈난정수계〉에 연원을 둔 것이나 인물들의 복색에서 알 수 있듯 철저히 우리 것으로 바뀐 모습이다. 이 그림은 풍속화에 있어 유숙의 성가를 높인 명품임에 틀림없으며, 무엇보다도 새롭게 변모한 사회상을 잘 드러낸 기록화로서도 큰 의미를 지닌다.

이 그림을 그린 유숙은 19세기에 활동이 두드러진 화원으로 임금의 초상, 곧 어진 제 작에도 세 차례나 참가한바, 산수, 인물, 풍속, 사군자, 괴석 등 여러 방면의 그림에 두루 능했다.

이 그림에 앞선 중인들의 모임을 그린 것으로는 천수경(千壽慶, ?-1818) 등이 등장한 『송석원시사첩松石園詩社帖』이 알려져 있다. 이 화첩에는 1791년 김홍도와 그의 동갑내기 친구 이인문(李寅文, 1745-1824 이후)이 그린 그림 두 점이 포함되어 있다.

꽃을 바라보는 마음

정선의 〈책 읽다가 눈을 돌려〉

열중할 수 있다는 것은 아름다움 그 자체이기도 하다. 쾌청한 날씨와 온화한 기온은 한바탕 단비와 더불어 온갖 초목들에게 눈부신 때깔을 부여한다. 밤새 달라진 해맑은 잎새의 여린 듯하면서도 끼끗한 싱그러움은 보는 이의 눈뿐 아니라 마음마저 푸르름에 젖게 한다. 초록빛이 확장하면서 하늘이 좁아질 듯한 생각도 들지만 공간은 사뭇 깊이를 더한다. 5월은 기적과 환희로 그득한 축복의 한마당, 4월의 들뜸과 부산함도 이들 신록 덕분에 가라앉게 되고 막연한 꿈이 아니라 꿈을 성숙시키는 힘이 솟구치는 시기다.

　이와 같은 계절의 변화를 느끼며 잠시나마 자연의 오묘한 신비를 생각할 수 있는 사람은 행복하리라. 이제는 예와 달리 그처럼 행복한 이가 드물 수밖에 없으니, 그것은 자연과 차단된 현대인의 생활방식 때문이다. 그러나 폐쇄된 공간이지만 그 안에 꽃 한 송이만 있어도 자연으로 회귀할 수 있으니, 그리 비관적인 것만은 아니다. 자연

〈책 읽다가 눈을 돌려〔讀書餘暇〕〉
정선, 비단에 채색, 24.1×17cm, 간송미술관 소장.

의 품은 거대하여, 찌들고 병든 지구는 우주에 있어 좁쌀 한 알에나 비견될까. 막연하나 지극히 구체적일 수밖에 없는 무한의 늪이 엄존하기에 희망 또한 무궁하다.

때는 18세기, 한 선비의 서재는 비좁고 툇마루 역시 그만하다. 책 읽기에 지친 주인공은 분에 담긴 꽃으로 시선을 모으고 있다. 배움이야 책뿐이겠으랴. 무언가에 잠심潛心하고 있는 그윽한 고요가 적이 감동적으로 다가온다. 18세기 선비화가 정선이 남긴 〈책 읽다가 눈을 돌려[讀書餘暇]〉라는 제목의 소품은 참으로 사람이 취할 수 있는 멋스러운 장면을 보여주고 있다.

이 그림을 최완수 선생은 1740-1741년경, 즉 정선의 나이 65세 때 그린 그림으로 겸재의 서재書齋이자 정선 자신의 자화상으로 본다. 얼굴 부분의 호분[胡粉, 동양화에서 흰색을 내는 채색 물감]이 검게 변색되어 세밀히 살피기는 힘드나 '조선의 화성'으로 추앙 받는 정선이 자연을 관조하는 모습, 자연의 운행은 매순간 미미한 모든 것에서도 읽을 수 있다.

또한 꽃을 관상하는 고사로 국화를 앞에 둔 도연명(陶淵明, 362-427)을 주인공으로 그린 〈동리채국 東籬採菊〉이 잘 알려져 있는데 정선이 부채에 그린 같은 제목의 국립중앙박물관 소장품도 공개된 바 있다.

탁족

조영석의 〈흐르는 물에 발을 담그고〉

우리 옛 그림에 등장하는 인물들의 모습들을 유심히 살펴보면 흐르
는 물에 발을 담그고 있는 탁족濯足의 정경을 심심치 않게 찾아볼 수
있다. 16세기 중엽 이후 조선 중기 화단에 접어들면 화면 내에 인물
의 크기가 커지며, 이 시기를 빛낸 이경윤(李慶胤, 1545-1611), 이정 등
이 남긴 〈탁족도濯足圖〉 명품을 만날 수 있다.

　탁족은 세족洗足이라고도 하듯 자의字義로는 단순히 "발을 씻는
다"이다. 그저 발을 담그고 있는 것, 반가부좌로 자못 명상의 모습을
보이는 것도 있다. 한여름 더위를 극복하기 위한 동작으로도 보이나
좀더 중차대한 의미를 지닌다. 발을 씻는다고 함은 속세의 먼지와 오
염을 떨구는 것으로 바로 출세간出世間에 듦을 선언하는 것이다. 그렇
기에 그림 속 인물들의 옷은 남루해 보여도 안면을 살피면 범상치 아
니하다. 세상을 초탈한 고승이나 고사高士들로 범부는 아니다. 때로는
술병을 들고 시중하는 소동小童이 등장하거나, 두 파안노옹破顔老翁이

함께 그려지기도 한다.

　　조선 후기 선비화가 조영석(趙榮祏, 1686-1761)이 남긴 〈흐르는 물에 발을 담그고〔老僧濯足圖〕〉는 인물이 크게 부각되어 조선 중기의 그림들과는 달리 강한 사실감이 돋보인다. 의연하고 소박한 모습이라기보다는 허리를 굽혀 허벅지와 정강이의 때를 미는 동작이며 옷매무새와 주인공의 표정이 한결 인간적이다. 선비화가 윤두서와 함께 풍속화의 선구자격인 화가의 현실적인 시각이 잘 드러나 있다. 18세기라는 시대는 벗겨버려야 할 구각舊殼들로 해서 지식인들이 몸살 나던 때였음을 전하는 것은 아닌지.

미공개된 〈탁족도〉로는 『한국회화대관韓國繪畵大觀』에 실린 〈노승탁족도老僧濯足圖〉(유복렬 소장), 이경윤의 유명한 열 폭짜리 화첩에 속한 〈고사탁족도高士濯足圖〉(고려대박물관 소장), 김두량(金斗樑, 1696-1763)과 김덕하金德厦 부자가 합작한 사계산수도 중 첫 번째 두루마리인 〈춘하도리원호흥경春夏桃李園豪興景〉의 하경에 탁족 장면이 보이며, 이민성李民成이 그린 것으로 전하는 국립중앙박물관 소장의 〈좌롱유천坐弄流泉〉(국립중앙박물관 소장), 최북의 〈고사탁족高士濯足〉(간송미술관 소장)과 김희겸(金喜謙, 18세기)의 〈좌롱유천坐弄流泉〉(간송미술관 소장) 등이 공개된 바 있다.

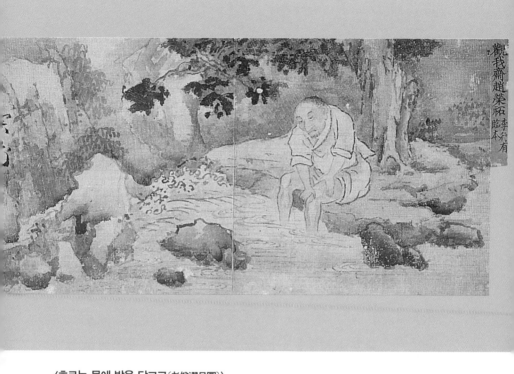

〈흐르는 물에 발을 담그고〔老僧濯足圖〕〉
조영석, 비단에 담채, 14.8×29.8cm, 국립중앙박물관 소장.

솔바람 소리와 선비들

이인문의 〈소나무 숲에서의 담소〉

사람도 자연의 한 부분인 만큼 물리적인 적응력 또한 그리 둔하진 않다. 물론 인지人智를 발휘해 환경을 변화시키기도 하지만 옛 사람들은 맑은 영혼과 더불어 육신을 자연에 맡기는 자연스런 적응 방법도 소홀히 하지 않았다. 냉방장치가 없어도 숲을 찾음으로써 한여름 피서를 즐기며 또다른 정취를 만끽한 것은 그 한 예다.

한여름 무더위를 피해 몇 명의 선비가 숲에서 만났다. 솔바람, 물소리에 열기도 한풀 기가 꺾였고 태초의 원시음만이 가득 차 유현한 그곳. 이 성하盛夏엔 노송老松은 결코 푸르름을 뽐내지 않는다. 솔의 독야청청이야 무서리 내려 모든 것이 조락하고 곧 이어 흰 눈이 펄펄 내리는 한겨울이어야 제격이다. 폭서의 시절엔 잎 넓은 활엽수가 더욱 푸르게 보이지 않던가.

동아시아에서 '기氣'는 참으로 다양한 의미로 사용되는 단어다. 기체, 공기, 자연 현상뿐 아니라 느낌이나 낌새 및 숨, 기운, 힘 등 그

〈소나무 숲에서의 담소〔松溪閑談〕〉
이인문, 종이에 담채, 37.3×77cm, 국립중앙박물관 소장.

범주가 사뭇 광대하다. 여하튼 우리는 이 기를 우주에 가득한 모든 것, 눈에 보이진 않으나 모든 것에 작용하는 것, 결국에는 생명 그 자체까지 연유한 것으로 본다. 더위도 기의 한 현상이나 이 더위를 누르는 또다른 힘도 기에 속한다. 우리가 오관으로 느끼고 아는 기란 극히 일부분에 불과하다.

'고송유수관도인古松流水館道人'이란 호號를 지녔던 조선 후기의 직업화가 이인문(李寅文, 1745-1824 이후)은 이 〈소나무 숲에서의 담소〔松溪閒談〕〉처럼 호에 걸맞은 주제의 산수를 화폭에 자주 담았다. 소나무와 흐르는 물 사이에 보일 듯 말 듯한 기의 흐름을 가시적으로 부채에 나타냈다.

같은 주제로 이 그림보다 나이 든 후 그린 것으로 〈송단피서도松壇避暑圖〉는 여백이 너른 구도로 눈맛이 좀더 시원하다. 먹 위주로 그린 뒤 채색 또한 더욱 맑고 투명해져 깔끔하고 격조 있는 정갈한 멋을 잘 드러낸 수작이다. 『화원별집』에는 남종화〔南宗畵, 명明나라 때 문인들이 직업화가 그림을 북종화北宗畵라 칭하고 그에 대비해 문인화를 남종화라 불렀다. 정신미를 강조한 관념적인 수묵담채가 특징이다〕의 완숙한 수용을 보여주는 산수도 두 점도 함께 게재되어 있다.

폭포를 바라보며

윤인걸의 〈소나무에 걸터앉아 폭포를 바라봄〉

독야청청하는 상록수의 멋은 마음 시리고 가슴 서늘한 한겨울이라야 제격이다. 오뉴월 온갖 푸성귀들까지 다투어 초록을 토할 무렵엔 운치 있는 장송長松도 잠시 추한 몰골로 보이기도 한다. 소나무도 꽃을 달고 송화가루를 날리기에 초록을 조금 잃고 멀리서 볼 때는 갈색이 끼기 때문이다. 소나기 뿌리는 7월에 이르러서야 소나무와 잣나무 등 상록수들은 창연한 본래의 깊은 푸르름을 되찾는다.

이때는 새들의 합창보다는 풀벌레들의 노래가 더욱 드세져 거센 염장군에 항거하는 듯하다. 그렇기에 소나기를 반기며, 그리도 물이 고마워져 너나없이 냇가를 가까이한다. 우리 선인들은 삼복 중에도 의관을 파하지 않고 견인堅忍하는 여유(?)를 간직했음을 옛 그림에서 찾아볼 수 있다. 또 한여름에 겨울 산수를 화폭에 옮기기도 했다.

해맑은 시내를 찾아 잔잔한 물에 발을 담그거나, 경관 좋은 폭포를 찾아 이를 바라보며, 마음속의 열기와 가슴속의 답답함, 머릿속의 고뇌를 덜어내고 비우며 영혼의 청신함을 회복했다. 폭포가 높은 곳에서 떨어져 바위에 부딪치며 물보라를 피우는 장관을 '수옥漱玉'이라 했던가. 그런 곳에 정자를 지어 '수옥정漱玉亭'이라 이름 지은 예가 한둘이 아니다.

조선 중기 화단의 윤인걸(尹仁傑, 16세기 후반)이 남긴 소폭 그림도 꼭 한여름이라 고집하긴 힘들어도 폭포 곁에 있는 주인공이 넓은 옷자락을 흩뜨리지 않은 채 오른손에 부채를 쥐고 있는 것을 보면 여름으로 보아도 크게 어긋나지 않을 것이다. 바위나 소나무의 표현에서 남송南宋 때 마원(馬遠, ?-1125)이나 이를 따른 화원들의 화풍을 보여주는 이 그림은 자연에 심신을 맡겨 여름을 만끽하는 고사高士의 피서 정경이 잘 드러나 있다.

여기서 소개한 윤인걸의 그림은 원래 작품명이 소나무 밑동에 앉아 폭포를 바라본다는 의미의 〈거송망폭도踞松望瀑圖〉다. 이 그림은 국립중앙박물관에 소장된 『화원별집』에 들어 있다. 이 '관폭도'는 조선 중기 화단에서 이경윤을 비롯해 조선 말 장승업(張承業, 1843-1897)에 이르기까지 직업화가인 화원뿐 아니라 문인화가들도 즐겨 그린 소재 가운데 하나로 명품이 다수 전한다. 화가로서 윤인걸의 면모는 〈거송망폭도〉를 기준으로 해서 살필 수밖에 없으나 이외에 개인 소장인 전칭작 〈어가한면도漁暇閑眠圖〉가 알려져 있다 (『산수화』, 중앙일보사, 1985).

〈소나무에 걸터앉아 폭포를 바라봄〔踞松望瀑圖〕〉
윤인걸, 비단에 담채, 18.8×13.1cm, 국립중앙박물관 소장.

천렵

정세광의 〈삼태그물 거두기〉

모내기가 끝나갈 무렵, 물 그득한 냇가에서 고기잡이하는 즐거움은 오뉴월 전원에서 펼쳐지는 흥겨운 멋, 그 가운데 빼지 못할 한 가지다. 알몸으로 와자지껄 물장구치며 쟁이(投網, 물고기를 잡는 그물)를 좁히는 개구쟁이들이나 나이 지긋한 어른들까지 가릴 것 없이 모두들 흥에 들뜨게 하는 놀이다. 오늘날처럼 외국에서 수입한 육질 좋은 민물 어종을 키우는 가두리 양식장에선 찾기 힘든, 자연의 품에 안겨 원시적(?)으로 전개되는 그야말로 역사가 긴 '짓거리'인 것이다. 모든 놀이가 그러하듯 일상사에서 벗어나 마냥 자유를 만끽하는 순간이다.

낚시도 천렵川獵에 속하여 오늘날엔 대중적인 취미로도 각광을 받는다. 상가 진열장을 장식하는 숱한 질 좋은 도구와 장비들이 이를 대변한다. 자연 훼손, 공해물질의 방류 등으로 오염된 하천에서 낚시는 물론 천렵도 점차 과거의 한 조각 추억이 되는가 싶어 사뭇 아쉽고 가슴속에 두려움마저 스민다.

〈삼태그물 거두기(收罾圖)〉
정세광, 비단에 담채, 15.5×21.5cm, 국립중앙박물관 소장.

그림을 보면 냇물이 사뭇 풍부한 것으로 미루어 우기雨期이며 한 차례 소나기가 지나간 듯 보인다. 날씨가 다시 심상치 않다. 바람이 거세지고 투망을 걷어올리는 인물의 동작이 잽싸진다. 다소 스산한 정경이나 그만큼 싱그러운 자연의 내음이 짙게 다가온다. 16세기에 활동한 선비화가 정세광(鄭世光, ?-?)이 남긴 그림으로 〈천어도川漁圖〉 또는 〈어렵도漁獵圖〉로도 불리는 이 작품의 원제목은 〈수증도收曾圖〉다. 그림의 내용과 더불어 여러 가지 여운을 느끼게 하는 그림이다.

단순히 먹을거리 해결을 위한 동작만이 아님은 분명하다. 심술 부리는 듯한 날씨마저도 들뜬 분위기에 일조하는 듯하다. 보는 이의 감상적인 마음 때문만은 아니리라. 그 시절의 소나기는 적어도 산성 비는 아니며 빗속을 배회하거나 물고기들처럼 뛰어놀 수 있는 낭만 이 허용된 축복 받은 비였을 것이다.

지금까지 알려진 정세광의 유작은 이 그림 하나뿐이다. 이와 같은 주제이나 좀더 고식古式을 보이는 개인 소장의 그린이를 알 수 없는 그림 한 점이 1972년 국립중앙박물관에서 개최한 '한국명화 근오백년전韓國名畵 近五百年展'에 출품되었다(동 전시도록인 『한국회화』). 둘은 좌우가 바뀐 구도이며 정세광의 그림보다 정밀하고 논리적이며, 우경雨景이 아니어서 차분한 맛은 더하나 활달한 멋은 덜하다. 직접 냇물에 여러 명이 들어가 물고기를 잡는 본격적인 풍속화 에 가까운 그림으로는 심사정의 〈화항관어花港觀魚〉(간송미술관 소장)나 후대에 그려진 유숙의 〈계심어비도溪深魚肥圖〉(개인 소장) 등이 알려져 있다.

가을 밤 뱃놀이

안견 전칭의 〈적벽도〉

올여름엔 비가 줄기차게 내렸을 뿐더러 더위 또한 유난히 늦게까지 기승을 부렸다. 계절이 바뀜에 사뭇 둔감한 이들도 가을을 맞는 감회가 여느 해와는 다르리라. 코스모스가 언제부터인가 우리 산전에 뿌리내려 도로변에 한들거리며 가을의 정취를 돋우고 있다. 누런 황금 벌판은 축복이라 아니할 수 없다. 나날이 내려가는 기온 탓만은 아닐진대 따뜻하게 데운 술 한잔이 불현듯 떠오르는 것은 사람 사이의 정情이 전과 같지 않은 때문일까? 화사하게 물든 단풍을 보기도 전에 결실보다 조락凋落을 먼저 생각하는 것은 어쩌면 병일는지 모르겠다.

　　여하튼 결실의 풍요가 주는 기쁨보다 소슬함 속에 자신을 직시케 되는 이때에 술은 정녕 멋진 친구가 아닐 수 없다. 벗 없이도 자신의 그림자와 더불어 잔을 나누기도 한다지만, 시선詩仙 이백(李白, 701-762)의 경지야 범부에겐 구름 밖의 이야기다. 조선시대 그림 중에서 신윤복(申潤福, 1758-?)의 〈유곽쟁웅遊廓爭雄〉이나 김후신(金厚臣, ?-?)의

〈대쾌도大快圖〉 등은 술기운에 벌어진 한바탕 싸움이기에 그리 밉지 않게 바라보며 미소 지을 수 있는, 바로 우리네의 일상 모습이다. 갓을 내동댕이치고, 자못 앞가슴을 풀어헤친 채 호기를 부리는 건 술기운 때문이겠지만.

좀더 운치 있는 술자리는 강물에 배 띄우고 마련한 주연酒宴장면을 조선 전기에 거장 안견이 그린 것으로 전하는 〈적벽도赤壁圖〉에서 찾아볼 수 있다. 삽상한 이 계절, 등장인물들의 시선은 웅혼雄渾한 자연 경관에 머물고 있다. 마음 통하는 벗 두서넛이 마주한 자리엔 시와 음률 그리고 술이 어우러진다. 긴 시차에도 불구하고 조금은 그 가락 잡힌 분위기와 멋을 알 듯도 하다.

〈**적벽도** 赤壁圖〉〈부분〉
안견(전칭), 비단에 담채, 161.5×102.3cm, 국립중앙박물관 소장.

선상의 여유

이상좌의 〈배를 멈추고 물고기 헤아리기〉

11월은 짧은 가을의 흔적을 지우며 무채색 겨울로 향하는 교차로다. 손자가 올린 술 한잔으로 나이 지긋한 노파가 소녀 같은 수줍음과 부끄러움을 되찾아 발그레 상기된 얼굴을 애써 감추며 외면하는 듯한 계절. 단풍들은 퇴색한 모습을 보이지 않으려는 듯 의연히 화려한 의상을 벗어던지는 때. 그것은 허탈감과는 다르다. 흘러간 것들에 대한 미련과 추억에 연연해서 지금 이 순간의 고귀함을 잃는 어리석음에서 벗어나려는 적극적인 행위다. 나무는 꽃을 지움으로써 열매를 키우며 잎마저 떨굼으로써 스스로를 키운다.

군밤 내음이 차가운 골목을 훈훈하게 하는 이 무렵이면 떠오르는 그림이 하나 있다. 일본인들이 1934년 간행한 『조선고적도보朝鮮古蹟圖譜』에 이상좌(李上佐, 1485-1549 이후)의 〈어가한면도漁暇閑眠圖〉로 실린 뒤 '낮잠'이라고도 지칭되는 그림이다. 그러나 이 그림의 내용은 그러한 제목과는 전혀 다른 것으로 최근까지도 잘못 이해되고 있다.

〈배를 멈추고 물고기 헤아리기〔泊舟數魚圖〕〉
이상좌, 비단에 담채, 18.7×15.4cm, 국립중앙박물관 소장.

소폭이나 화가의 기량을 보여주는 명품으로 안정된 구도와 짜임새 있는 화면 구성이 두드러져 이상좌의 대표작으로 꼽힐 만하다. 소나무의 푸른빛이 돋보이며 곱게 물든 활엽수가 어우러져 있고, 공중에는 기러기가 날아 가을 정취가 여실하다.

문제는 뱃전에 보이는 소년의 몸동작이다. 얼핏 보기엔 조는 것 같이 보이기도 하지만, 정박한 배 위에서 고개를 떨구어 잡은 물고기를 헤아리는 장면이다. 이 그림이 속해 있는 『화원별집』의 앞머리에 실린 작품 목록에도 〈배를 멈추고 물고기 헤아리기〔泊舟數魚圖〕〉라고 제목이 명기되어 있다. 11월에 유독 이 그림이 생각나는 것은 마치 이 시절이 조는 순간이 되어서는 안 되며, 지나온 과거만 헤아릴 것이 아니라 내일을 꿈꾸는 진지한 순간이어야 한다는 나 자신의 추스림 때문인지도 모른다.

이상좌의 유작으로 그의 자字인 '공우公祐'의 도장이 찍혀 있는 잘 알려진 대작 〈송하보월도松下步月圖〉가 있다. 보물 제593호로 지정된 다섯 폭의 나한도 초본인 『불화첩佛畫帖』도 있다. 이 〈박주삭어도〉는 그의 기준작이자 대표작으로 여겨진다.

달빛 아래 '그윽한 고독'

전기의 〈달과 함께 술잔을〉

산사나무 열매인 아가위(山査子)가 루비처럼 곱게 물들어 붉고 단단해 질 무렵이면 나뭇잎은 하나 둘 슬며시 떨어진다. 성글어진 나무의 붉 은 열매는 눈이 시리도록 푸른 쪽빛 하늘을 배경으로 사뭇 느슨해진 공간에서 광택을 뿜는다. 소슬함과 화사함, 아쉬움과 넉넉함을 동시에 소유한 가을의 양면성을 이 나무도 예외 없이 드러낸다.

11월의 산야는 조락凋落한 나뭇잎 덕택에 시계視界가 넓어진다. 이와 비례하여 우리네 마음도 넓어지며 너그러워지는 것인지도 모른 다. 그렇기에 부질없는 욕심들도 맥을 못 추는 시절이다. 가을의 진면 목은 단풍 든 잎들의 현란한 색채에 있는 게 아니라 쓰잘데없는 것들 을 과감히 포기한 뒤 얻는 정신의 자유와 넉넉함을 아는 마음, 여기 에 가을을 숨쉬는 선비의 여유와 멋이 있다.

둥근 달이 고즈넉이 중천에 얼굴을 드러낸 가을 밤. 계절에 아 랑곳하지 않고 푸르름을 견지한 상록수와 단풍을 지닌 나무들이 함께 자리한 후원後園에서 한 선비가 계절에 취해 있다. 예스러운 작품 명으론 〈관월도觀月圖〉나 〈월하독작月下獨酌〉 등으로 지칭되겠으나 〈달과 함께 술잔을〉이라 풀어본다.

홀로 있으되 쓸쓸함이나 적막감과는 거리가 있기에 우러르지 않을 수 없는 정경이기도 하다. 김정희의 애제자 전기의 손끝에서 전개된 이 그림 한 점은 그의 짧은 삶만큼이나 필치와 구성이 모두 간결하다. 비록 신분은 중인이었으나 그가 남긴 그림들이 그러하듯 깨끗한 마음에 조촐한 생을 영위한 참 선비의 정갈한 멋이 선명하다.

넉 점의 화훼와 넉 점의 산수 등 여덟 점으로 된 화첩에 속한 이 그림은 이 화첩에 실린 〈백합百合〉이 그러하듯 김수철(金秀哲, 19세기 말에 활동한 이색 화풍의 화가)과 비슷한 수채화풍의 신선한 감각이 주목할 만하다. 이 그림 또한 산뜻한 설채設彩와 간략한 구도, 과감한 생략 등이 돋보인다.

〈달을 건지는 이백李白〉
그린이 모름

〈달과 함께 술잔을〔月下獨酌〕〉
전기, 종이에 담채, 16.5×21.9cm, 국립중앙박물관 소장.

풍요로운 사색의 공간

전기의 〈가난한 선비의 집〉

그저 먹물만으로 대충 나타낸 그림이 섬세하고 화려한 색으로 그린 것보다 멋지고 아름답다는 사실을 스스로 느끼기까지는 어느 정도 노력을 해야 한다. 화사한 꽃과 새를 소재로 한 것보다 스산한 정경의 산수화에서 깊고 그윽한 운치를 비로소 발견하는 것도 같은 맥락이다. 좀더 시간을 두고 유심히 보노라면 여기서 소개하는 그림같이 성글고 거칠며, 의아함이나 당혹감마저 느껴지던 그림이 새롭게 다가올 것이다. 그리고 활달하고 빠른 필선에서 강렬한 힘과 자유분방한 삶의 자세를 엿보기에 이를 것이며 점차 애착이 가며 마음이 끌림을 숨기기 힘들 것이다. 그래서 옛 사람이 이르길 책에서 검은 글자만이 아니라 글자 사이의 여백—숨은 의미와 뜻—도 읽으라 한 것은 아닌지.

〈가난한 선비의 집(溪山苞茂圖)〉으로 불리는 이 그림을 그린 화가 전기는 비록 신분은 중인이었으나 그림에 관한 한 스승 김정희한

〈가난한 선비의 집〔溪山苞茂圖〕〉
전기, 종이에 수묵, 24.5×41.5cm, 국립중앙박물관 소장.

테서 다른 누구보다도 칭찬을 많이 받은 인물이었다. 그는 30의 수壽를 채우지 못하고 요절했으나 그가 남긴 그림에서는 모두 높은 격조와 천재성이 번득인다. 스승 김정희의 〈세한도歲寒圖〉에 필적할 화경畵境을 갖춘 이 그림은 선비 그림, 이른바 문인화의 정수를 유감없이 드러내고 있다. 허황된 생각과 쓸데없는 욕심을 훌훌 털어버린 뒤, 자연이 옷을 벗고 진면목을 보여주는 이즈음과 같은 상황이기에 이 그림이 더욱 감동적인지도 모른다. 넉넉한 여백은 생각의 나래를 펼치기에 부족함이 없다. 해서 가난한 선비의 집은 가장 풍요로운 사색의 공간이기도 하다.

이 〈가난한 선비의 집〉은 모두 열 점으로 된 화첩에 속한 그림으로 전기의 대표작으로 잘 알려져 있다. 연원은 원말 사대가元末 四大家의 한 사람인 예찬(倪瓚, 1301-1374)의 '공산무인空山無人' 계열의 그림이다.

가을의 의미
이인상의 〈소나무 아래에서 폭포를 바라봄〉

9월로 접어들면 풀벌레 소리뿐 아니라 폭포수 떨어지는 소리도 톤을 달리한다. 그저 시원함만이 아니라 가슴에 들어와 마음을 울리고 영혼까지 스며드는 그 무엇이 느껴진다. 헤식게 흐트러진 정신을 추스리게 하며, 인간다운 고상함에로 회귀하게 하는 기운이 느껴진다. 높고 투명해지는 가을 하늘을 우러러보거나 폭포를 바라보다가 문득 명상과 통하는 순간으로 접어들게 된다.

혼자 있으면서 외롭게 보이지 않고 걸림 없는 절대 자유와 어렴풋하나마 멋을 엿볼 수 있을 듯도 하다. 참선이나 명상까지는 아니어도 무언가에 전념하고 몰입하는 진지함이 드러난 탓이다. 열중함은 모두 아름다운 것이기에, 그 안에는 무기력이나 게으름이 잉태한 사치스런 고뇌가 깃들 공간이 없다. 이와 같이 잔잔하고 조용한 선비의 멋을 일러주는 옛 그림 한 폭을 주인공에 초점을 두어 살피려 한다. 혹자는 고독을 읽을 수도 있겠으나 스스로 택했고 이를 즐기고 있음을 놓쳐서는 안 된다.

세기의 안목眼目 김정희에게 그림과 글씨 모두 아낌없는 상찬을 받았던 이인상(李麟祥, 1710-1760)은 18세기 숱한 거장들 틈에서도 단연 돋보이는 선비화가다. 문인화의 정갈한 멋과 정수를 선뜻 드러내 조선 그림의 어엿함과 격조를 드높여 매우 중시할 화가다. 그는 소나무, 바위, 폭포 등을 즐겨 다루었고, 먹 중심에 맑은 가채加彩, 물기 적은 붓[渴筆]의 원용, 깔끔하고 담박한 화면 구성 등 독자적인 그림 세계를 이룩했다. 〈소나무 아래에서 폭포를 바라봄[松下觀瀑圖]〉은 잘 알려진 대표작의 하나로 '한국미술 오천년전' 미국 전시에도 출품된 바 있다. 여기서 시공을 넘어 영원의 세계에 시선을 둔 인물은 이인상 자신임에 틀림없다.

〈소나무 아래에서 폭포를 바라봄〔松下觀瀑圖〕〉(부분)
이인상, 종이에 담채, 23.8×63.2cm, 국립중앙박물관 소장.

꽁꽁 언 산하

윤의립의 〈겨울 산〉

겨울 산은 사뭇 고요하다. 색채를 잃고 무채색 일변도인 이 차가운
계절의 산천은 그냥 조용할 뿐이다. 하지만 어둔 밤이나 눈보라 몰아
치는 때면 바람 소리가 마른 나뭇가지를 울리고, 눈이 무심히도 무더
기로 내릴라치면 마른 가지 부러지는 소리도 꽤나 크다. 그러나 늘
그렇듯이 겨울은 침묵으로 대변된다.

아름다움이 색깔로만 좌우되는 것은 아니다. 모든 것을 철저히
거부하고 단순화하려면 우선 형체에서 색을 빼앗아야 한다. 그러나
그것은 빼앗은 것이 아니라 작은 것은 주고 큰 것은 받는 것이다. 아
는가? 희고 검은 무채색이 얼마나 호화로운 빛깔인지를. 이를 너무
잘 알았던 동양의 옛 지혜는 수묵만의 미술을 화려하게 꽃피웠다. 먹
으로 쓴 글자는 단순한 부호에서 '서예'라는 예술을 탄생시켰고, 먹
의 농담濃淡만으로 이 세상의 온갖 물상을 선명히 재창조하였다.

17세기 전반 선비화가 윤의립(尹毅立, 1568-1643)의 손끝에서 비

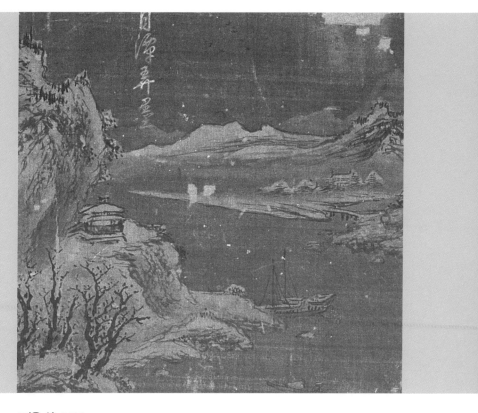

〈겨울 산〉(부분)
윤의립, 비단에 수묵, 21.5×22.2cm, 국립중앙박물관 소장.

단 깃으로 옮겨가 생명을 얻은 겨울 산천은 일견 스잔하고 쓸쓸하기
만 하다. 눈 덮인 산하를 가장 사실적으로 나타내는 방법은 흰 비단
바탕을 그대로 남기는 것임을 잘 아는 화가는 하늘과 하천을 담묵으
로 물들이고 있다. 배 두 척이 눈에 소복히 쌓인 채 정박해 있고 모옥
茅屋의 지붕도 눈의 무게에 눌려 있다. 17세기 전반에 활동한 윤의립
은 한때 이괄(李适, 1587-1624)의 난에 연루되어 파직되기도 했으나 다
시 중용되어 형조, 예조 판서까지 지낸 문신이다. 그는 그림에 남다른
재주를 지닌 문인화가이기도 한데, 남아 있는 작품은 몹시 귀하다. 호
가 월담月潭이었는데, 여기서 소개하는 그림 왼쪽 위편에 주묵(朱墨,
붉은 먹)으로 '월담농묵月潭弄墨'이라 적혀 있어 그가 그린 것으로 지
칭된다.

　　이 그림도 자세히 살피면 전혀 무채색 일변도는 아니다. 집 주
변, 뱃전 그리고 언덕의 일부에 옅은 갈색이나 푸른색도 찾아볼 수
있다. 또한 전혀 정적으로 얼어붙은 대지만이 아님은 하늘을 나는 새
떼를 보면 알 수 있다. 과감히 붉은 먹으로 그린이를 밝힌 것에도 무
언가 숨은 뜻이 있을 법하다. 이미 겨울의 끝에 봄이 보태어 있음을
간파했기 때문이리라.

　　산도 나무도 대지도 봄을 향한 몸짓을 시작했다. 쉼 없는 대자
연의 섭리는 봄을 키우고 있음이다. 마찬가지로 우리도 이 겨울에 새
해를 맞는다.

국립중앙박물관에 소장된 이 그림은 모두 여섯 폭으로 발이 촘촘하고 고른 비단에 그려져 화첩에 속해 있다. 아마도 '사시팔경도四時八景圖' 계열로 여덟 폭에 각 계절을 두 폭씩 그린 것으로 보이는데 두 폭은 떨어져 나간 것으로 여겨진다. 묵서로 미루어, 또한 계절로도 끝이니 마지막 쪽임에 틀림없겠으나, 다른 계절의 그림과 달리 붓의 사용이 몹시 거친 것은 계절의 특성을 효과적으로 나타내기 위한 의도로도 생각해 볼 수 있다.

바람개비

윤덕희의 〈공기놀이〉

바람이 어디서 어떻게 불어오는 것인지 모르던 어린 시절 바람개비를 통해 바람의 역할을 새삼 알게 되었다. 물론 바람 그 자체는 색이나 형체가 없기에 볼 수 없으나 물체의 흔들림으로 그 존재를 증명한다. 바람은 옷깃을 스치며 머리칼에 와 닿는 감촉 그리고 한여름 우리를 시원하게 하여 고마운 느낌마저 드는 장본인이기도 하다.

그런데 오늘날 이 바람의 힘이 얼마나 생활에 요긴한 에너지원이 되고 있는지 거듭 놀라지 않을 수 없다. 태풍 같은 자연 현상을 통해 부정적인 괴력을 체험한 바 없지 않지만.

바람개비는 팔랑개비라고도 하는데 세계 여러 민족에서 찾아볼 수 있는 보편적인 어린이 장난감이다. 우리도 예외가 아니어서 옛 그림에서 엿볼 수 있다. 조선 후기 풍속화의 대가 김홍도의 유명한 『단원풍속도첩』 속 〈길쌈〉에서도 일하는 엄마 곁에서 할머니 치마끈을 쥔 서너 살배기 어린아이의 반대편 손에는 바람개비가 쥐어져 있다.

〈공기놀이〉
윤덕희, 비단에 수묵, 21.7×17.5cm, 국립중앙박물관 소장.

아직 멋대로 뛸 수 있는 아이는 아니나, 바람이 불면 바람개비가 돌아가며 형태가 바뀌기에 즐거워하는 어린이들. 바람개비는 꼬마들의 호기심을 자극하는 흥미로운 장난감이다.

김홍도보다 앞서 선비화가 윤덕희(尹德熙, 1685-1766)가 그린 〈공기놀이〉는 어린이들만을 주인공으로 화면에 등장시킨 작은 그림이다. 두 아이가 공기놀이에 열중해 있고 그 뒤로 동생쯤 되는, 그들보다 조금 작은 어린이 손에 바람개비가 들려 있다. 그들 나름대로 놀이에 빠져 진지한 표정을 지어 기특해 보이기도 한다.

바람개비를 통해 바람을 부르는 아이들의 노력에서 시작하여 우리 인류는 점차 무궁한 힘을 바람에서 얻기에 이르렀다.

〈길쌈〉
김홍도, 종이에 담채, 27.0×22.7cm,
국립중앙박물관 소장, 보물 제527호.

회갑연

정황의 〈회갑 잔치〉

잎 너른 오동나무가 바람에 금속성을 울릴 때면 뜨락의 국화들은 다투어 꽃망울을 터뜨린다. 가을을 앓는 마음 투명하고 가슴 시린 시인은 계절이 선사하는 시상詩想이 넘쳐 밤을 새하얗게 지새기도 한다. 사계절의 확연한 변화를 만끽할 수 있는 사람들은 얼마나 복 받은 공간에서 호흡하고 있는 것인지…. 서리 만난 잎들은 홍조 띤 얼굴에 여린 몸동작을 짓는다. 아쉬움과 소슬한 가을기운은 여느 계절과 달리 술에 맛을 더한다. 계절마다 특색이 있지만 생명의 실상을 직시하면서 처연한 미소를 지어보는 이 시절엔 독한 술도 오히려 달지 않던가.

　뒷장 그림은 배경이 1786년 9월로 사대부 남백종南伯宗의 회갑연을 화폭에 담은 것인데 지금부터 2백 년하고 몇 년 더 거슬러 올라간다. 후원後園에 자리를 함께한 노인들의 의연한 모습에서 삶의 거룩함을 여실히 읽게 된다. 활엽수 중에서 먼저 푸르름을 토해 가장 오래 색을 간직하는 버들이 있고 오동잎에선 금속성이 들리는 듯, 담장 아래 가지런한 화분이며 수석壽石에선 주인의 따뜻한 손길과 취향이 엿보인다. 참가한 문사들은 술을 권하며 시로써 축수한다. 노년의 여유와 느긋함 그리고 정돈된 삶의 현장에서 생활의 멋과 삶의 참된 운치를 알게 한다. 일종의 기록 사진과도 같은 이 그림은 조선 후기 불세출의 대화가 정선의 손자인 정황(鄭榥, 1735-?)의 손끝에서 이루어진 것이다. 풍속화의 범주에 드는 그림이나 그 이상의 어떤 것들이 우리들의 가슴에 와 닿는다.

이 그림은 1983년 가을 동산방화랑에서 개최한 '조선시대 후기회화전'에 〈이안와수석시축 易安窩壽席詩軸〉이란 제목으로 공개되었다. 그림 상단에 작품명과 좌우에 유한준(俞漢雋, 1726-1811)의 서문이 함께 붙어 한 면을 이루고 있다. 원래는 참가한 문인들의 축하시를 함께 한 축으로 생각되는데 시는 따로 떨어져버린 듯하다.

〈회갑 잔치〔易安窩壽席詩軸〕〉
정황, 종이에 담채, 25×57cm, 개인 소장.

혼인 60주년

회혼례

가을의 중심인 10월은 사뭇 화려한 달이다. 이 달을 하루에 견주면 노을 붉은 저녁 무렵에, 사람으로 치면 노년의 황혼기에 해당한다 하겠다. 한 해를 성심껏 산 평범한 이들이 마냥 넉넉하고 여유를 느낄 시기이기도 하다. 땀 흘린 뒤에 결실을 얻은 이에게 10월은 결코 쓸쓸하거나 허전한 때는 아니다.

나이 든다는 것도 아름다움이어야 한다. 매 순간을 아름답게 가꾼 이들에게 세월은 단순히 흘러가거나 지나가는 것이 아니라 영롱한 구슬 같은 순간을 꿰는 끈이기 때문이다. 그렇기에 찰나뿐 아니라 지나온 자취는 모두 어우러져 화려함의 극치에 도달한다. 이때가 계절로는 바로 10월이며 하루나 인생에 있어서는 황혼이다. 꽃 지고 열린 작고 푸른 열매나 잎새가 이 계절에 보여주듯….

서로 다른 가문의 두 사람이 만나 새 가정을 꾸리고 한평생 동행한다. 조혼이 유행한 시대나 혼인 60주년[回婚]을 맞이하기란 결

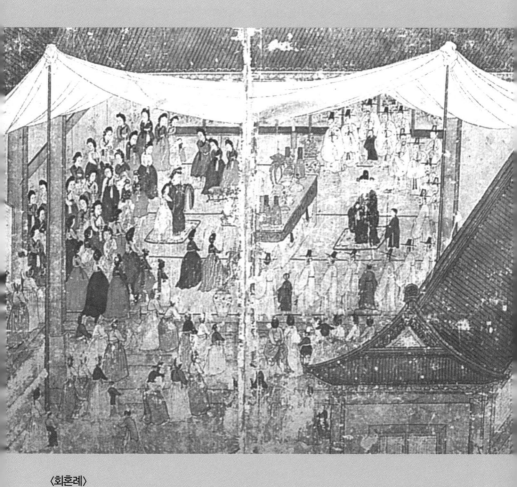

〈회혼례〉
그린이 모름, 비단에 채색, 24.8×37.9cm, 국립중앙박물관 소장.

코 흔한 일은 아니었다. 조선시대 풍속화 중에 바로 이런 귀한 장면을 다룬 것들이 있다. 유교국가에서 이상적이고 바람직한 일생을 담은 〈평생도平生圖〉의 끝 폭에 이 회혼례가 장식되기도 한다. 국립중앙박물관에는 김홍도가 그린 명품 〈평생도〉 외에, 그린이는 알려져 있지 않으나 기량이 출중한 전문화가의 솜씨가 돋보이는 그림으로, 회혼례 절차를 순서대로 다섯 폭으로 꾸민 화첩이 있다.

신랑이 신부 집을 향해 오는 장면부터 제반 절차가 순서대로 그려졌다. 여기서 소개하는 쪽은 바야흐로 대청 한가운데서 마치 초례 때처럼 맞절하는 장면이다. 반드시 명문 거족이어서가 아니라 바르고 곧게 산, 한 사대부의 화려한 만년을 보이며 오늘 우리에게도 흐뭇하고 넉넉한 무언가를 안겨준다.

호젓한 여인

신윤복의 〈연당의 여인〉

동양의 옛 그림 중에는 '사녀도〔仕女圖, 궁중 여인 등 미인을 그린 그림〕'라 하여 여인을 주제로 한 어엿한 분야가 있다. 초상화에서도 왕비 등 여인들이 분명히 그려졌다. 우리도 같은 양상으로 일찍이 고구려 고분벽화에서 귀부인을 비롯해 이들 주변에 등장하는 신분이 다른 여인네들을 찾아볼 수 있다. 그러나 산수화에 등장하는 인물들은 대부분 의연한 선비 등 남정네들인바, 지금 남아 있는 여인 그림으로 감상할 수 있는 것은 18세기 이후 풍속화다. 이를 통해 맵시 있는 여인을 만날 수 있지만 이들 대부분은 기녀들이다. 과연 조선 여인의 아름다움을 이들에게서 찾아도 되는 것인지 이의를 제기하는 이들도 없지 않다.

여속女俗을 즐겨 다뤄 이 소재에선 타의 추종을 불허하는 신윤복의 풍속화들은 도심의 멋쟁이 한량과 기녀의 은근한 색태가 크지 않은 화면에 전개된다. 때론 용감하게(?), 사실적으로 혹은 암시적으로 나타내, 보는 이의 상상력을 자극하지만 결코 천박하지 않은 것이 그의 특징이기도 하다. 여하튼 화가 자신이 그네들 가까이서 짙은 분내음을 마셨기에 그런 그림들을 그릴 수 있었을 것이다.

여기 소개하는 〈연당의 여인〉도 잘 알려진 명품 가운데 하나다. 화면 반을 연당蓮塘으로 채우고, 그 위로 별당 툇마루에 홀로 걸터앉아 있는 여인을 등장시켰다. 생황과 긴 담뱃대를 양손에 들고 있는 주인공은 여염집 아낙은 아니다. 칠팔월 삼복이나 여전히 싱그러운 넓고 푸른 잎들 사이에 분홍 꽃망울을 터뜨리는 연꽃과는 대조적으로 여인은 수심에 잠긴 표정이다. 나른한 한낮 고요가 깔린 후원에 초점 없는 시선으로 상념에 잠긴 한 여인. 비록 동작을 멈춘 상태이나 화가 신윤복에 의해 2백 년 전과 같은 모습으로 우리 앞에 다가와 있다.

〈연당의 여인〉
신윤복, 비단에 담채, 29.6×24.8cm, 국립중앙박물관 소장.

춤바람

김진여 외 〈원로 대신에게 베푼 잔치〉

춤의 역사가 길고 오랜 것은 인류가 남긴 선사시대 문화유산을 통해
서도 확인된다. 후기 구석기시대(기원전 1천 년경) 동굴벽화로 바위 표
면을 파서 새긴 선각화線刻畵에서 의식용 춤으로 간주되는 군무群舞가
발견되곤 한다. 우리 나라에서도 춤추는 장면이 그려져 있어 무용총
이라고 명명된 고구려 고분의 춤 그림이 잘 알려져 있다. 이를 통해
고구려인의 낙천성과 생활의 기쁨을 읽게 된다. 고구려는 멸망하였으
나 고구려 무용단이 중국 당唐의 수도 장안長安에서 공연한 춤을 보고
지은 이백(李白, 701-762)의 시는 오늘날까지 전해 온다.

춤, 그것은 무한한 에너지의 보고라 할 수 있다. 기뻐서 두둥실,
맺힌 한을 풀려고, 병을 고치며, 신내림 등 의식과 향연에서 뺄 수 없
는 요소다. 춤은 내면에 깃든 에너지의 정도를 도무지 헤아리기 힘든
살아 있는 자가 생명의 약동을 표출한 것이다. 희로애락을 모두 담을
수 있고 상쇄할 수 있는 것이기도 하다. 그냥 바라보다가 자연스레 동

〈원로 대신에게 베푼 잔치〔耆社私宴圖〕〉(부분)
김진여 외, 종이에 채색, 71.2×96.9cm, 국립중앙박물관 소장.

아리 지어 무리춤을 이루는 전염성과 응집력 또한 강하다. 각 민족마다 독특한 춤사위를 지니고 있어 문화유형을 뚜렷하게 나눌 수 있다.

앞에서 소개한 그림은 1719년 숙종 임금이 이미 일흔을 넘긴 정이품 이상 원로 중신 열한 명을 초청해 베푼 기로연耆老宴을, 그 이듬해 화원들을 시켜 기념 앨범처럼 제작한 것이다. 풍속적 성격이 짙은 기록화다. 처용무는 다섯 명의 무용수가 각기 다른 색의 옷을 입고 악사들의 연주에 맞춰 각기 동작을 취하는 절도 있는 춤사위다. 석 점으로 된 〈평양감사환영도平壤監司歡迎圖〉 연작의 〈부벽루연회도浮碧樓宴會圖〉에서는 남자들이 아닌 치마를 입은 여자 무용수들이 처용탈을 쓰고서 처용무를 추는 장면이 보인다. 춤을 통해 노인들의 노고를 기리고 새로운 힘의 충전을 꾀함이런가.

〈평안감사환영도〉 연작 중 〈부벽루연회도〉
(김홍도 전칭)에 보이는 처용무

부엌 주변

안악3호분 〈주방도〉

인류에게 불의 발견은 그야말로 혁명이 아닐 수 없었다. 불은 인간을 추위에서 해방시키고 맹수로부터 보호할 뿐만 아니라 그 이상의 의미를 지니는바 생활 전반에 걸쳐 큰 변화를 가져왔다. 식문화食文化에서도 생식生食에서 화식火食으로 바뀌면서 이른바 맛이란 또다른 감각의 발전을 가져왔다. 에너지 측면에서 옛 문화유산을 오늘날과 비교해 살펴보면 시차는 느껴질지언정 결코 생경한 것은 아님을 알게 된다.

황해남도 안악군 오국리에 있는 안악3호 고구려 고분은 1949년 발굴되었다. 무덤 안에 간기가 있어 357년에 건립되었다는 사실은 확인되었으나 무덤의 주인공에 대해서는 고구려 미천왕美川王이라는 설과 귀화인 동수冬壽라는 설 등 학계에 의견이 분분하다. 하여튼 이 고분은 4세기 중반 고구려인의 생활상, 특히 '에너지 활용'의 모습을 또렷이 보여준다.

한쪽 벽면에 부엌, 고깃간, 차고가 각기 별채로 그려져 있다. 바로 부엌 곁에 고깃간이 있는데 그곳에는 돼지와 사슴이 매달려 있다. 건물 밖에선 두 마리 개가 지키고 있으며, 부엌 지붕 위에는 까치 한 마리가 시선을 멀리 두고 오똑 앉아 있다. 마치 반가운 손님을 기다리는 듯 보인다. 세 명의 여인네들은 저마다 바쁜데, 이 중 한 여인은 장작이 활활 타오르는 아궁이를 주시하고 있다. 난방과는 별개로 된 아궁이로 요리 전용으로 보인다. 현존하는 고구려 유물 중에는 규모는 작으나 쇠로 된 부뚜막도 있는데, 이는 모두 당시 장작 또는 기타 땔감을 중요한 에너지원으로 이용하였음을 보여주는 것들이다.

고분벽화는 무덤 안에, 안장된 주인공의 초상을 비롯해 생애에 있어 기념적인 장면, 영생을 기원하기 위한 내용 등을 그린 것이다. 중국에선 이미 기원전 한漢에서 시작했는데 4세기에서 7세기 전반 사이에는 혼란 탓인지 이렇다 할 벽화고분을 찾아보기 힘들며 오히려 고구려에서 크게 번성하여 괄목할 만한 발전을 보인다.

벽화는 우선 그림이기에 회화사의 측면에서 가장 주목할 만한 연구 자료들이 아닐 수 없다. 더욱이 이 그림의 내용을 통해 기록으로 남아 있는 사실들이 확인되어 문자가 전하지 못하는 고구려 문화의 웅혼한 기상, 낙천적인 삶의 태도 등 당시 시대상을 명확히 읽을 수 있다.

〈주방도 廚房圖〉(모사도)
고구려시대(4세기), 황해남도 안악군 오국리 안악3호분 앞방 동측실 동벽.

태양열

김윤보의 〈나락 말리기〉

어느 해보다도 폭우로 농심農心을 우울케 한 지난 여름이었으나 어김
없는 계절의 변화는 높고 푸른 가을 하늘 아래 대지를 황금색으로 물
들였다. 가을 문턱에 들기 전이면 칠순에 접어든 모친은 서울을 벗어
나 고향을 찾으신다. 이 집 저 집 들러 햇볕에 말린 선홍빛 태양초太
陽草를 조금씩 모아 오시는 것이 연례행사다. 서울에서 구입하는 고추
의 몇 배 가격이나, 쪄서 말려 검어진 것들과 달리 고운 붉은색이다.
맑은 공기와 태양으로만 말린 고추는 고향의 정취까지 더하여 돈으
로는 도저히 살 수 없는 맛을 낸다.

　　태양열을 이용한 것을 보면, 각종 식물성 약재 대부분이 말린
것들이며 고추, 무말랭이, 쪄서 말린 고구마까지 헤아려보면 음식물
중에 적지 않은 양을 차지한다.

　　〈나락 말리기(米刃乾)〉는 농촌 정취를 물씬 풍기는 풍속화에 속
하는 그림으로 작가는 김윤보金允輔다. 그는 19세기 말에서 20세기 전

〈나락 말리기〔米刃乾〕〉
김윤보, 종이에 담채, 32×46.3cm, 개인 소장.

반에 평양에서 주로 활약한 지방 화가로 적지 않은 작품이 남아 있는데 화조화花鳥畵와 산수화 외에 풍속적인 소재의 화첩들을 남기고 있다. 일급 화가는 아니나 조선 후기에 크게 유행한 풍속화의 여맥을 보여주어 주목된다.

부모들이 일 나간 집. 창문은 활짝 열려 있고 안에서 어린아이 두 명이 쫑긋 내다보고 있다. 마당에선 사뭇 급박한 정경이 벌어지고 있다. 어미닭 가까이에 놀란 병아리 새끼가 모여 있고, 저편에는 솔개로 보이는 새를 향해 다른 닭 한 마리가 용감하게 대항하는 자세를 보인다. 새끼를 지키기 위한 본능적인 방어로 보이는데, 한 소년이 한 편이 되어 매를 쫓기 바쁘다. 아랫도리가 벗겨진, 아직 제대로 걷지 못하는 막내도 시선을 하늘로 향하고 있다.

나뭇잎이 무성하여 한여름으로 보이나, 화가 자신이 화면 왼쪽 상단에 〈미인건米刃乾〉이라 제목을 달고 있으니 멍석에 말리는 곡식은 보리는 아니며 지난해 수확한 벼나 사료용 등겨를 말리는 듯하다. 여하튼 태양열은 곡류 중심의 우리네 식생활에서 삶과 곧바로 연결되는 것이 아닐 수 없다.

김윤보는 호가 일재一齋로 생몰연대는 전혀 알려져 있지 않다. 주로 전통 기법의 화풍으로 수묵 위주의 산수나 조선 후기 그림을 모방한 듯한 도석 인물 등이 알려져 있을 뿐이다. 1987년 국립중앙박물관에서 열린 '한국 근대회화 백년전'에서 두 풍속화첩이 공개되었다. 화격畵格과는 별개로 풍속화라는 의미를 중시해 소개한 것이다.

이 중 갖가지 죄인과 이들을 치죄하는 장면을 기록 사진처럼 그린 화첩은 이미 알려져 있으나 『고래조선농가사시실경古來朝鮮農家四時實景』이란 제목이 붙어 있는 또다른 화첩이 있어

이 전시 도록을 통해 처음 공개되었다. 이들은 각기 스무 폭 남짓으로 구성되어 있다. 김윤보라고 하는 화가를 새롭게 보게 하는 그림들로, 아울러 근세 초기 화단의 경향과 수준까지 짐작케 한다.

축력

쌍영총 〈우차도〉

인간과 가까운 동물 중에서 소만큼 철저하게 우리에게 헌신하는 것도 드물 것이다. 사람들은 아기 때부터 우선 우유로 신세를 지며, 소의 숨이 멈춘 뒤에도 뼈, 살, 가죽에 이르기까지 송두리째 받기만 한다. 어디 그뿐인가. 이른바 축력畜力으로 제공되는 노동력은 그 이상이다. 커다란 눈을 꿈벅거리며 싫은 표정도 없이 묵묵히 밭과 논을 갈며 연자매研子磨를 돌려 탈곡이나 제분하는 데도 참여한다. 한 세대 전인 1960년대 초만 해도 서울에서 말이나 소가 끄는 짐수레를 쉽게 볼 수 있었다.

　신체 조건에서 여러 가지로 동물에 미치지 못하는 것을 잘 알았던 우리 인류는 동물들을 길들여 큰 도움을 받았다. 과학 만능인 요즈음에도 개를 훈련시켜 함께 순찰도 하고 무기와 마약의 소재까지 찾아내곤 한다. 축력이라 하면 '동물을 이용한 노동력(에너지)'으로 쉽게 정의되지만 참으로 오랜 세월 인류 역사와 함께 다양한 형태로

〈우차도 牛車圖〉(모사도)
고구려시대(5세기 말), 남포직할시 용강군 용강읍 쌍영총 널길 동벽.

이용해왔다. 고구려 고분벽화에 나타난 것만 해도 여럿 있다.

교통수단으로서 말은 사냥이나 전쟁에서 뺄 수 없는 동물이었다. 사냥 행렬 주변에는 잘 길들여진 사냥개가 따르고 역시 훈련된 사냥용 매 수지니〔手陳〕가 공중을 맴돌았다. 소는 그 특유의 여유로운 자세와 더불어 견우牽牛와 함께 등장하거나 귀인貴人의 수레를 끌면서 나타난다.

앞에서 소개한 〈우차도牛車圖〉는 북한의 남포직할시 용강군 용강읍에 있는 쌍영총雙楹塚 널길〔羨道, 고분 입구에서 널방까지 이르는 길〕 동벽의 부분도. 벽화고분으로선 중기에 드는 5-6세기경에 축조된 무덤인데, 이 고분벽화의 실제 조각의 일부가 국립중앙박물관에 소장되어 있다. 당시 생활상 등 시사하는 바가 큰데, 상단에는 우차, 그 아래 갑옷으로 정장한 기마병이 그려졌고, 하단에는 세 여인 등 남녀 군상이 정적인 자세로 등장한다.

무용총과 시기가 앞서는 덕흥리 벽화고분(408년)에서도 이와 닮은 부인용 우차가 있어 이 벽화와 좋은 비교가 된다. 우차 지붕에 얇은 금속판으로 된 듯한 풍경 같은 것이 보여 지나갈 때면 아름다운 소리를 냈을 것이며, 드리운 휘장과 장식이 화려한 것도 엿보인다. 여느 소달구지와는 사뭇 다르니 아마도 당시 귀부인의 자가용이라고나 할까?

이에 비해 덕흥리 고분벽화의 우차는 바큇살이 많은 대신 굴렁쇠가 가늘고 장식들도 소홀한 편으로 풍경마저 보이지 않는다. 다만 막 차에 오르려는 여주인 주변에 일산日傘을 든 인물 등 시종이 여럿 등장하고 있다. 교통수단으로서 소가 그려진 것이나 마치 노자老子나 신선들이 탄 소만큼이나 주인공의 품위를 고양하는 요소다. 이는 소의 덕일까, 아니면 신분에서 오는 힘일까?

돛단배

정선의 〈돛단배 타고 바다 건너기〉

우리는 반만 년의 긴 역사를 내세우나 신대륙에 도착하여 동서양을 가리지 않고 어린이들까지 그 이름을 알고 있는 콜럼버스 같은 항해가를 가지고 있지 못하다. 그러나 현재 대大조선국으로 급성장한 것도 결코 우연한 일만은 아니다. 통일신라 말기 해상권을 쥐고 중국과 일본 관계에서 주도적인 역할을 담당한 장보고(張保皐, ?-846)같이 역사에 굵은 족적을 남긴 인물이 있다. 또 13세기 후반에는 세계제국을 이룩한 원元의 일본 정벌을 위한 강압적 요구 때문이었으나 1천 척에 가까운 대형 병선을 거뜬히 건조한 저력이 있었다. 이들 병선 외에 운수용 화물선도 만들었음은 물론이다.

　　우리 옛 그림, 이른바 산수화에서 산과 하천은 필수요소이니 그 안에서 적지 않은 배들을 찾아볼 수 있다. 화면에서 차지하는 비중이 몹시 작아 배의 형태나 구조를 자세히 살피기 힘드나 어느 정도 시사하는 바가 있다. 그러나 배를 크게 나타냈을 경우도 배 자체보다는

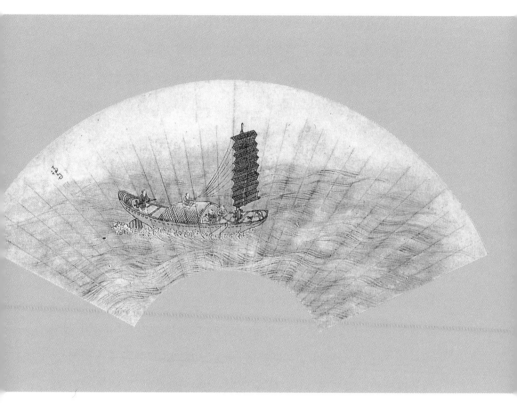

〈돛단배 타고 바다 건너기〔長帆渡海〕〉
정선, 종이에 담채, 22.7×63.9cm, 국립중앙박물관 소장.

그 안에 등장한 인물에 초점을 맞추고 있다.

조선 후기 화단의 풍속화 중에는 강물에 배를 띄우고 선유船遊하는 그림도 적지 않은데, 이 선유는 그 이전부터 즐겨 그린 소재다. 달 밝은 가을 밤 선상에서 몇 명의 친구들과 시를 읊는 정경이라든지, 한여름 더위를 잊기 위해 물놀이하는 장면, 때로는 상당히 많은 인물들이 몇 척의 배에 나누어 타고 악사까지 대동하여 한껏 흥을 돋우며 질펀하게 벌이는 뱃놀이 등도 있다.

망망대해에 뜬 한 척의 돛단배, 이랑 높은 파도는 화면의 대부분을 차지하며 넘실대고, 뱃전에서 부서지는 물거품은 속도를 짐작케 한다. 끝이 보이지 않는 먼 바다 등 자못 호쾌한 정경이 아닐 수 없다. 바람의 속도가 세차진 탓인지 돛의 줄을 조절하는 인물도 보인다. 이 부채를 흔들면 삼복 중에도 파도 소리와 함께 강한 바닷바람이 일어 더위를 가을의 끝까지 밀어붙일 듯하다. 부채, 바람, 돛단배가 함께 잘 어우러진 이 〈돛단배 타고 바다 건너기〔長帆渡海〕〉는 조선 후기의 대화가 정선의 천재성을 유감없이 보여주는 걸작 가운데 하나다.

정과 쌍돌망치

강희언의 〈돌 깨는 석공〉

한반도의 산은 그 대부분이 노년기의 골산骨山이다. 초록의 숲 사이에 무게 있고 듬직한 모습을 한 바위들에서 우리는 밀림과는 또다른 우리 산의 의젓함을 읽는다. 나목裸木의 계절이 뇌번 바위산의 위용이 더욱 명확히 드러난다. 바위는 태초부터 보여온 모습을 그대로 간직한 노익장을 과시하면서도 또 한편으로는 늘 변화를 기다리는 듯하다. 어딘가에 있을 위대한 예술가를 몇만 년 기다려 그의 손끝에서 또다른 생명으로 탄생하기를 간절히 기원하는 것이다. 예술의 세계에서만이 가능한 영원불멸의 생명으로 재생하기를 말이다.

강희언(姜熙彦, 1738-1784 이전)의 〈석공도石工圖〉를 통해 만난 두 인물이 어떤 잠재력과 창조력을 지닌 장인匠人이었는지는 알 수 없다. 하여튼 우리는 그들의 땀 흘리는 모습을 볼 수밖에 없다. 석공들은 큰 바위에서 돌조각을 떼어내고 있다. 쇠망치로 내리칠 때의 반동이 부담스러워서인지, 바위에 홈을 내는 것이 가슴 아파서인지 양미간에 잔뜩 힘을 준 석공의 표정은 보는 이에게 여러 가지 상상을 하게 만든다.

웃옷을 벗어붙이고 단단한 근육을 노출한 또다른 장인은 온 정신을 정에 집중하여 자못 진지한 표정이다. 거친 숨소리가 들리고 땀내가 나며 체온이 옆에서도 느껴질 것 같다.

이처럼 이웃 아저씨 같은 현실적 인간을 그림의 주인공으로 삼은 것은 조선 후기 화단에 이르러서야 가능해졌다. 자신의 일에 열중한 모든 사람이 그지없이 아름다워 보이고, 또 이들 모두 단독의 개체이기에 예외 없이 주인공이 될 수 있다. 이러한 점을 풍속화는 먼저 깨닫고 작품상에서 실천한 것이다. 노동은 육체를 지닌 유기체에게 필수 행위다. 또한 유기체는 구조적으로 더위쯤은 땀으로 극복할 수 있게끔 만들어졌다. 그러기에 노동은 신성한 것이라고 말하지 않던가. 그러한 가운데 우리는 그 이상의 무엇을 추구하기도 한다.

사실 석공들이 바위를 치는 일은 단순한 동작에 불과해 보일지도 모른다. 그러나 그것은 기계의 맹목적인 반복 동작과는 다르다. 그것은 기술에서 예술로의 전이가 가능한 것이며 따라서 때로는 커다란 기쁨이 되기도 하는 것이다. 진정한 힘이란 일을 기쁨의 도구로 바꿀 수 있는 지혜, 바로 거기에 있다.

이 그림과 매우 닮은 윤두서의 〈석공도〉가 지난 1992년 학고재화랑에서 개최한 '조선후기 그림과 글씨' 특별전에 출품되었다(삼베에 수묵, 22.9×17.7cm). 마치 같은 사람의 그림인 양

〈돌 깨는 석공〔石工圖〕〉
강희언, 비단에 수묵, 22.8×15.4cm, 국립중앙박물관 소장.

유사하지만, 그림 왼편 별지 김광국(金光國, 1722-?)의 발문에 이 그림의 작품명이 〈석공공석도石工攻石圖〉로 명시되어 있다. 또한 『화원별집』에 같은 제목의, 강희언이 공재의 그림을 익혔다는 언급(學恭齋石工攻石圖)이 있어 이들 그림의 관계가 선명해진다. 공재의 그림을 강희언이 보고 그린 것이다.

즐거운 식사 시간

김홍도의 〈들밥〉

오랜 세월을 두고 계속해서 사랑을 받는 그림을 우리는 명화라고 부른다. 시대와 유파流派에 따라 다양한 표현 기법들 탓에 이해하기 어려운 그림들이 없는 것도 아니나. 이른바 명화라는 깃들도, 시각이니 생각을 달리해서 보면 그 내용이 지극히 단순하여 새삼 놀라게 되는 경우가 있다. 문제는 평범한 일상사가 그림의 소재가 되었으되 화가 나름의 따뜻한 시선과 애정으로 보는 이에게 일시적인 느낌 이상의 진한 여운을 남긴다는 사실에 있다. 즉 결코 대단하거나 새삼스러운 것이 아닌 평범한 사실에서 큰 의미나 기쁨을 읽게 된다. 이런 면이 예술가의 천재성이며 예술의 존재 의의이기도 할 것이다.

2백여 년 전 우리 선조들의 생활상을 담은 것으로 〈글방[書堂]〉이나 〈서화감상〉에 나오는 양반을 비롯하여 농·공·상에 종사하는 서민들까지 다양한 삶이 화폭에 전개되고 있다. 생업 이외에 〈씨름〉, 〈우승〉, 〈활쏘기〉 등 놀이 장면도 그림의 대상이다. 이들 모두 공개된 바 있는, 잘 알려진 그림들이다. 이들 그림을 통해 우리는 역사 기록 이상으로 동시대의 활기찬 사회 분위기와 삶의 낙천성, 기쁨 등을 엿볼 수 있다.

먹고 마시는 지극히 평범한 일상사가 그림 주제가 되었다. 진수성찬에 호화로운 복색을 한 지체 높은 윗분들의 잔치 장면은 아니다. 어리석고 무식하다 하여 촌무지렁이라 불렸을지는 몰라도 다른 조건이나 신분에 처한 이들이 느끼기 어려운 그들 나름의 진지한 삶과 욕심 없는 소박한 기쁨을 드러내 보이고 있다. 〈점심〉이라고도 하는 〈들밥(野飯)〉은 이 그림이 속한 화첩 대부분이 그러하듯 별도의 배경 없이 등장인물들의 서로 다른 자세와 동작에 의해 절묘한 화면 구성과 구도를 이루고 있다.

꼭두새벽에 시작한 논일의 오전 작업이 끝났다. 모내기였는지, 벼베기였는지는 배경이 없어 알기 어렵다. 그것은 보는 이의 상상에 맡길 일이다. 중요한 사실은 힘든 일에 지치고 찌든 표정들이 아니라는 것이다. 식사 시간이 주는 기쁨 탓도 있겠으나 무언가 성취감이 보이는 밝은 얼굴들이다.

김홍도가 화면에 등장시킨 여러 부류의 사람들이 모두 그렇듯 욕심이나 악의는 찾아보기 힘들고, 어질고 착하고 순진한 민초들의 맑고 밝은 표정들이다. 일로써 단련된 건강한 피부며 벗어젖힌 상체 근육은 사실감을 더한다. 반찬으로 특별한 것이 보이지 않으나 유난히 큰 밥사발이며 이미 식사를 마친 듯 큰 막걸리 사발에 입을 댄 인물도 보인다.

〈들밥 ﹇野飯﹈〉
김홍도, 종이에 담채, 27.0×22.7cm, 국립중앙박물관 소장.

점심을 가져온 아낙은 이들과 달리 이 그림을 보는 우리를 향해 앞가슴을 드러내 아기에게 젖을 물리고 있다. 치맛자락을 잡고 따라온 어린이도 곁에서 한술 거들고 있다. 농부들 주변에는 그릇이 보이나, 왼쪽 한 모퉁이에 있는 검둥이는 물끄러미 침만 흘리고 있다. 이를 아는 듯 어린이는 개에게 반찬을 줄 양인지 아니면 단순히 놀리려는지 개와 시선이 이어진다.

착한 이들의 찌들지 아니한 삶, 소박하고 건강한 삶의 현장이 강한 여운으로 진하게 다가온다. 이를 따뜻한 시선으로 묘사한 김홍도는 과연 뛰어난 화가다. 그러나 오늘날 주변의 농민에게서 이와 같은 밝은 표정을 찾기 힘든 것은 그저 세월 탓인가.

모두 스물다섯 점으로 이루어진 「단원풍속도첩檀園風俗圖帖」(국립중앙박물관 소장)은 매우 잘 알려진 화첩이다. 1970년 보물 제527호로 지정되어 김홍도의 대표작에 꼽히는 명품이다.

도르래

이인문의 〈강과 산은 끝이 없어라〉

〈강과 산은 끝이 없어라[江山無盡圖]〉는 인간마저 자연의 일부분으로 생각한 동아문화권에서 산수화로 지칭하는 독자적인 그림 분야의 감농이 어떤 것인지를 잘 보여준다. 중국의 여러 내화가에 비해서도 결코 손색이 없는 조선 후기 화원 이인문의 대표작으로 화면의 폭은 좁으나 길이가 9미터에 가까운 긴 두루마리 대작이다. 이와 같이 긴 그림은 네 계절을 모두 담는 것이 일반적이나 이 그림은 가을 경치만을 나타내고 있다. 다양한 삶의 모습이 두루 망라되어 있으며 도르래로 언덕 위 고지에 음식을 나르는 모습은 이 그림의 중간 지점이다.

　　도르래는 바퀴에 홈을 파서 여기에 긴 줄을 걸어 돌리면서 물건을 옮기는 데 사용하는 장치로 고정도르래와 움직도르래 두 가지가 있다. 아주 오랜 옛날부터 사용되어 오늘날도 주변에서 비교적 쉽게 살필 수 있다. 옛 그림에서도 오늘날과 큰 차이 없이 이를 이용하는 생활 장면을 볼 수 있다. 그림 외에도 오래된 사찰에는 거대한 돌

기둥 형태의 당간지주幢竿支柱가 남아 있는데 공주의 갑사나 청주의 절터에는 이 돌기둥 사이에 긴 원기둥형의 쇠로 만든 당간이 남아 있다. 1977년 경상북도 영주에선 바로 당간의 머리 부분인 용두龍頭가 발견되었는데 바로 턱 아래에 도르래 장치가 되어 있다. 그 웅혼한 자태는 '한국미술 오천년전' 해외전시를 통해 공개된 바 있다. 이 용두는 국립청주박물관에 전시되었다가 출토지에 가까운 박물관에 전시한다는 원칙에 따라 1994년 국립대구박물관이 개관하자 그곳에서 전시케 되었으며, 박물관 입구에 이를 재현한 당간이 세워졌다. 고구려 고분벽화 가운데에는 우물 두레박에 이용된 도르래 그림도 있다.

상당히 큰 바구니 안에 물건을 넣어 산 정상으로 나르는 이 그림 속 장치는 사뭇 간단한 구조다. 두 나무 사이에 나무 기둥을 가로로 걸치고 긴 끈을 드리웠을 뿐이다. 산에서 세상과 초연한 삶을 영위하는 선인仙人에게도 속세의 도움이 필요한 그 무엇이 있을까. 아니면 속인俗人들도 이 도르래를 통해 거룩해지려 한 것일까. 단순히 짐을 옮기는 도르래만이 아닌 그 이상의 숨은 뜻을 찾게 된다. 그 아래는 아마도 저잣거리인 듯 부산한 동작과 사방이 툭 터진 가옥들에 짐이며 물건들이 보인다.

이 〈산과 강은 끝이 없어라〉는 처음 시작되는 좌우에 각 1미터 가량을 흰 여백으로 남겨 마치 안개 속에 또다른 세계가 이어져 있는 듯 암시적으로 처리하고 있다. 작품명이 시사하는 대로 끝은 없는 셈이다. 다만 이 무한한 시간과 무궁한 공간의 흐름 속에 우리 인간이 맛보고 접할 수 있는 산야는 이렇게 토막쳐 있는 것이리라. 일찍이

〈산과 강은 끝이 없어라〔江山無盡圖〕〉(부분)
이인문, 비단에 담채, 48.3×856cm, 국립중앙박물관 소장.

김정희가 오래 소장해 온 것임을 그림 앞뒤에 남아 있는 도장으로 알 수 있다. 정녕 높은 안목에 걸맞은 명품이 아닐 수 없다.

부력

김홍도 외 〈배다리〉

물체가 물에 잠기면 같은 부피의 물 무게만큼 물체는 가벼워져 물에
뜬다. 이런 현상은 물과 같은 액체만이 아니라 기체에서도 일어나는
데, 중력과 반대 방향으로 힘이 작용되는 것을 부력浮力이라 칭한다.
배다리는 이 힘을 이용해 수십 척의 배를 강물에 띄워놓고 그 위에
널판을 깔아 임시로 만든 다리다. 그 연원은 사뭇 오래나 우리 나라
에 그림으로 남아 있는 것은 18세기 이후 것들이다.

　　1748년 제10차 조선통신사 일행이 일본에 갔을 때 수행 화원
이성린(李聖麟, 1718-1777)이 그린 것으로 추정하는 〈사로승구도槎路勝區
圖〉가 있는데, 부산에서 출발하여 지금의 동경까지 가는 일정을 서른
폭에 담은 기록화다. 이 가운데 〈월천주교越川舟橋〉는 일본의 배다리를
보여주는데 이것은 당시 일본의 최고 실권자인 막부幕府의 장군 행차
시에만 설치하던 다리다. 조선통신사를 위해서 이를 가설한 것은 그
들의 각별한 예우를 확연히 드러낸 것이기도 하다.

이보다 조금 늦은 18세기 말 한강에 설치한 배다리 그림이 전래한다. 조선 22대 임금 정조(正祖, 1752-1800)는 억울하게 타계한 부친 사도세자思悼世子의 묘인 현릉원顯隆園을 양주에서 수원으로 옮긴 뒤 재위 기간에 열두 차례나 행차했다. 이 행사를 위한 〈의궤도儀軌圖〉가 남아 있으며, 이를 여덟 폭짜리 대폭 병풍으로 꾸며진 것이 꽤 잘 알려진 〈화성능행도華城陵幸圖〉로 불리는 〈수원능행도水原陵幸圖〉다. 창덕궁과 국립중앙박물관 그리고 호암미술관 등에 각기 완전한 형태로 남아 있다.

이 병풍의 끝 폭이 앞쪽의 〈배다리[舟橋圖]〉다. 지극한 효성이 제왕 중 으뜸으로 꼽힌 정조는 만백성의 귀감이었다. 이를 우러르는 모든 사람의 착하고 선량한 마음 또한 인간을 더욱 숭고하게 승화시키는 부력이 아닐 수 없다.

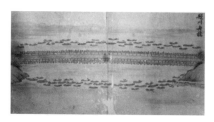

〈월천주교[越川舟橋]〉(이성린)에 보이는 일본의 배다리

〈배다리〔舟橋圖〕〉
김홍도 외, 비단에 채색, 214.5×73.5cm, 창덕궁 소장.

물살 잠재우기

이성린의 〈대정천을 건너며〉

물은 생명의 근원이다. 진화론은 논외로 하더라도 파충류 이상은 세상의 빛을 보기 앞서 모태母胎의 모래집물〔羊水〕속에서 성장한다. 물은 고맙고도 절실한 것이나 때로 우리 인류에게 위협적인 존재로도 다가온다. 그 역시 자연의 한 섭리다. 홍수의 두려움, 물난리의 고통…. 그러나 이 과정으로 황하黃河나 나일 강 하류와 같은 비옥한 땅을 생성해서 문명의 싹을 틔우기도 했다. 농업국가에서는 일찍이 나라를 지배하기에 앞서 물을 다스림이 지배자 능력의 시금석이기도 했다.

　　1748년 부산을 떠나 일본의 수도인 에도〔江戸〕에 들어가기까지 조선통신사의 여정을 수행 화원이 그린 기록화가 바로 〈사로승구도〉다. 이 일련의 그림은 서른 장면으로 각기 열다섯 폭씩 두 개의 두루마리〔卷〕로 꾸며져 국립중앙박물관에 비장秘藏되다가 1977년 개최한 '미공개회화특별전' 및 1985년 일본 도쿄국립박물관과 그 이듬해 국립중앙박물관에서 개최한 '조선시대 통신사 특별전朝鮮時代 通信使 特別

〈대정천을 건너며〔涉大定川〕〉
이성린, 종이에 담채, 35.2×66.7cm, 국립중앙박물관 소장.

展'에서 공개되었다. 제25폭이 여기서 소개하는 〈대정천을 건너며〔涉大定川〕〉이다.

금절하金絶河를 지나 세이겐지〔淸見寺〕로 향하는 도중 대정천을 건너는 장면을 담은 것이다. 조선통신사 일행을 가마로 모시는 일군一群의 무리 외에 벌거벗은 채 손에 손을 맞잡고 수중에 알몸으로 늘어서 있는 또다른 무리가 보인다. 조선통신사 일행을 위해 거센 물살을 약하게 하기 위한 동작으로 보인다. 일본인들은 조선통신사를 마치 조공을 위해 파견된 사절인 것처럼 왜곡해서 가르치고 있는데, 이 그림 한 폭만으로도 그것이 얼마나 허황되고 터무니없는 억지인지 증명된다.

뒷물이 앞물을 치면서 흐르는 것은 자연의 엄연한 섭리다. 흐르는 물 가운데에도 소용돌이가 없지는 않으나 도도한 물줄기는 하류를 향해 치달린다. 이 그림에서 보여주는 알몸의 일본인들은 물살의 흐름을 어느 정도 약하게 할 수는 있겠으나 그것은 다만 일시적이었으리라. 이 그림에 등장한 사람들 모두 물살을 이용해 전기를 일으킨 2백여 년 후의 세계를 상상이나 했을까?

찾아보기

우리가 찾아가 볼 박물관

찾아보기

가사문학 174
각저총 127
강서대묘 128-130
고려불화 106
고분벽화 14, 126, 130, 224, 238, 240, 254
고사인물화 177
공산무인 208
관념산수 28, 102
광배 50
귀면문 20
금관총 31-34
금동미륵보살상 48
금사리가마 62
난정수계 178
달항아리 60
당간 252
당초문양대 150
돋을무늬 150
매병 70
매처학자 177
무령왕릉 146
무용총 124-127
부감법 104
비백 118
비천 150
빗살무늬토기 98
사녀도 225
사신도 130
상감기법 16, 46, 71
상산사호 178
서원아집 178
선각화 228
선조문 100
수월관음도 91, 108

수지형 금관 34
실경산수 102-104, 120
쌍영총 238-240
아회 156
안악 3호분 230-233
어진 22
여항문인 180
운학문 71
의경 28
의궤도 258
입사 90
조선종 151
조선통신사 257, 260-262
조화 98
쟁이 194
주묵 214
진경산수 120, 176
책거리 136-139
처용무 230
철화 98
청화 52, 112-114
초화형 금관 34
탁족도 184-186
탐매도 177
파교심매 168
팔작지붕 20
포류수금문 91
향산구로 178
황룡사 9층 목탑 78, 119

인물
강세황 22
강희안 172
강희언 167, 245

김명국 170
김석준 180
김원용 76, 142
김윤보 234-236
김정희 164, 204, 214
김홍도 22, 134, 138, 172, 202, 216, 224, 248
김후신 197
도연명 40, 184
문징명 40
박병래 52
백낙천 178
사혁 124
서긍 67
소식 178
신명연 74
신사임당 112
신세림 172
신위 74
신윤복 176, 196, 225
신잠 170
심사정 170
아쇼카 왕 134
안견 40, 198
야나기 무네요시 17
어몽룡 115-118
영조 101
오경석 162
왕유 168
왕진경 178
왕희지 178
유숙 180
윤덕희 218
윤두서 22, 186, 246
윤의립 212-214

이경윤 185
이불해 172
이상좌 160, 200-202
이성린 256, 258
이암 28
이유신 156
이윤민 138
이인문 180, 190, 253
이인상 210
이정 118, 185
이정근 158-160
이징 94
이채 24
이형록 138
이홍근 162
임포 164, 176
임희지 134
잠보고 242
전기 161, 164, 204, 206
전형필 36
정극인 174
정선 102, 120, 122, 170,
176, 184, 220, 244
정세광 196
정조 101, 258
정황 220
제켈, 디트리히 76
조영석 186
조희룡 164
주방 108
최북 56
최순우 25, 66, 76, 98
최완수 122, 184
타피에스, 안토니 160
황집중 111

책과 화첩
『고래조선농가사시실경』
236
『단원풍속도첩』 216, 251
『도화원기』 40
『동패락송』 56
『산수화훼도첩』 74
『호산외기』 164
『화엄경』 108
『화원별집』 157, 160, 190,
192, 202, 248

우리가 찾아가 볼 박물관

국립박물관

국립경주박물관
780-150 경북 경주시 인왕동 76
tel. (054) 740-7522
http://gyeongju.museum.go.kr

국립공주박물관
314-020 충남 공주시 웅진동 360
tel. (041) 850-6300
http://gongju.museum.go.kr

국립광주박물관
500-150 광주광역시 북구 매곡동 산83-3
tel. (062) 570-7000
http://gwangju.museum.go.kr

국립대구박물관
706-040 대구광역시 수성구 황금동 70
tel. (053) 768-6051
http://daegu.museum.go.kr

국립민속박물관
110-820 서울시 종로구 세종로 1-1
tel. (02) 3704-3114
http://www.nfm.go.kr

국립부여박물관
323-806 충남 부여군 부여읍 동남리 산16-1
tel. (041) 833-8562
http://buyeo.museum.go.kr

국립전주박물관
560-859 전북 전주시 완산구 효자동2가 900
tel. (063) 223-5651,5652
http://jeonju.museum.go.kr

국립제주박물관
690-782 제주 제주시 건입동 261
tel. (064) 720-8000
http://jeju.museum.go.kr

국립중앙박물관
140-797 서울시 용산구 용산동 6가 168-6
tel. (02) 2077-9000
http://www.museum.go.kr

국립진주박물관
660-030 경남 진주시 남성동 169-17(진주성 내)
tel. (055) 742-5951
http://jinju.museum.go.kr

국립청주박물관
360-191 충북 청주시 상당구 명암동 87
tel. (043) 229-6300
http://cheongju.museum.go.kr

국립춘천박물관
200-932 강원 춘천시 석사동 95-3
tel. (033) 260-1500
http://chuncheon.museum.go.kr/

국립고궁박물관
110-820 서울시 종로구 세종로 1-57
tel. (02) 3701-7500
http://www.gogung.go.kr

사립박물관

간송미술관
136-823 서울시 성북구 성북동 97-1
tel. (02) 764-0442

덕원미술관
110-290 서울시 종로구 인사동 15
tel. (02) 723-7771

목아박물관
469-862 경기 여주군 강천면 이호리 396-2
tel. (031) 885-9952
http://www.moka.or.kr

한국고건축박물관
340-922 충남 예산군 덕산면 대동리 152-18
tel. (041) 337-5877
http://www.ktam.or.kr

호림박물관
151-907 서울시 관악구 신림11동 1707
tel. (02) 858-2500
http://www.horimmuseum.org

호암미술관
449-811 경기 용인시 처인구 포곡읍 가실리 204
tel. (031) 320-1851
http://hoam.samsungfoundation.org

대학박물관

강릉원주대박물관
210-702 강원 강릉시 지변동 123
tel. (033) 640-2596
http://www.knu-museum.org

건국대박물관
143-701 서울시 광진구 화양동 1
tel. (02) 450-3880~2
http://museum.konkuk.ac.kr

경남대박물관
631-701 경남 창원시 마산합포구 월영동 449
tel. (055) 249-2924
http://kucms.kyungnam.ac.kr

경북대박물관
702-701 대구광역시 북구 산격동 1370
tel. (053) 950-6536
http://museum.knu.ac.kr

고려대박물관
136-701 서울시 성북구 안암동5가 1-2
tel. (02) 3290-1514
http://museum.korea.ac.kr

국민대박물관
136-702 서울시 성북구 정릉동 861-1
tel. (02) 910-4212 학예실
http://museum.kookmin.ac.kr

단국대박물관
448-701 경기도 용인시 수지구 죽전동 126
tel. (031) 8005-2389
http://museum.dankook.ac.kr

대구대박물관

712-714 경북 경산시 진량읍 내리리 15
tel. (053) 850-5621~4
http://dumuseum.daegu.ac.kr

동국대박물관

100-273 서울시 중구 필동3가 26
tel. (02) 2260-3722
http://www.dgumuseum.dongguk.ac.kr

서울대박물관

151-010 서울시 관악구 신림동 산 56-1
tel. (02) 880-5333
http://museum.snu.ac.kr

성균관대박물관

110-745 서울시 종로구 명륜동 3가 53
tel. (02) 760-1216~7
http://wiz.skku.edu/museum

연세대박물관

120-749 서울시 서대문구 신촌동 134
tel. (02) 2123-3340
http://museum.yonsei.ac.kr

이화여대박물관

120-750 서울시 서대문구 대현동 11-1
tel. (02) 3277-3152
http://museum.ewha.ac.kr

이 밖에도 전국의 박물관에 관한 정보를 아래 웹사이트에서 확인할 수 있습니다.

www.emuseum..go.kr (박물관 및 국가유물정보 포털사이트 'e뮤지엄')